KB070721

너무 빨리
지나가버린,

And Never Stop Dancing

너무 늦게
깨달아버린

2

• 이 책은 2006년 국내에서 발행된
『너무 일찍 나이 들어버린, 너무 늦게 깨달아버린 2』의 개정판입니다.

And Never Stop Dancing

주어진 날을 후회 없이 살기 위한 인생 불변의 지혜 30

너무 빨리
지나가버린,

And Never Stop Dancing

너무 늦게
깨달아버린

2

고든 리빙스턴 지음 | 노혜숙 옮김

걷는나무
walking tree

인간의 정신과 육체가 서로 균형 있게 성장하면 얼마나 좋을까요. 하지만 한 번뿐인 인생에서 그렇게 사는 사람은 정말 드물고, 이 책은 바로 그런 우리 인생의 모순을 말합니다. 진정 좋은 책은 별로 많지 않습니다. 이 책에서 얻는 자양은 우리 스스로 삶의 해답을 얻는 데 큰 도움이 될 것입니다.

—나태주(시인, 『꽃을 보듯 너를 본다』 저자)

만약 단 한 번도 의심해본 적 없는 내 출생의 비밀이 밝혀진다면? 내가 입양되었다는 사실이 우연히 밝혀진다면, 과연 친부모를 찾아야 할까? 진실을 발견하는 고통이 너무 클지라도, 진실을 아는 것이 나을까? 사랑의 고통이 너무 크더라도, 사랑을 포기하는 것보다는 마음껏 사랑하는 것이 나을까? 이 책은 이 모든 질문에 '예스!'라고 대답한다. 우리의 마음속 그림자가 아무리 짙고 어두울지라도, 그 그림자를 용감하게 '대면'하는 사람만이 비로소 자신의 정체성과 만나게 된다. 정신과 의사이지만 본인 또한 파란만장한 삶을 살아낸 고든 리빙스턴은 고통스러운 삶의 진실에 맞서 '그럼에도 불구하고, 당신의 모든 슬픔과 그림자를 끌어안으라.'는 처방으로 우리에게 용기를 준다. 우리는 이 책을 통해 깨닫는다. 고통을 피하면 행복해지는 것이 아니라, 고통조차 인생의 일부임을 긍정할 때 삶은 더욱 아름다워진다는 것을. ─정여울(작가, 『나를 돌보지 않는 나에게』 저자)

"시련에 대처하는 방식이 삶의 모습을 결정한다."는 저자의 말에 깊이 공감한다. 내 감정과 생각을 객관화하고 다른 각도에서 바라보자는 메시지를 전하는 책은 많지만, 정신과 의사로서의 지식과 경험을 자기 삶과 이토록 융합한 책이 있던가. 일독을 강력히 권한다. ─윤대현(서울대학교 정신건강의학과 교수)

집어든 순간 그 자리에서 다 읽을 수밖에 없다. "고통을 회피하는 것이 오히려 상황을 악화시킨다."는 저자의 말은 전

적으로 옳다. 우리는 모두 거짓의 얼굴을 벗어버릴 필요가
있다.　　　　　　　　　　　　　　　　　-《뉴욕 타임스》

....

고든 리빙스턴의 글에는 혹독한 시련을 이겨내고 고통과 싸
워 승리한 사람만이 가질 수 있는 깊은 진실함이 배어 있다.
인생이 무엇인지 알려준다는 수많은 책들 사이에서 유일하
게 보석처럼 빛나는 책.　　　　　　　　-《퍼블리셔스 위클리》

....

이 책은 커다란 쇠망치로 내려치는 것 같은 강력한 힘과 가
장 슬픈 사랑 이야기의 부드러움을 동시에 가지고 있다. 마
음을 열고 고통을 극복하는 힘과 희망에 대해 배울 준비를
하라.　　　　　　　　　　　　　　　　-《워싱턴 포스트》

....

우리가 언제나 원하지만 한 번도 깨달은 적 없는 인생의 교
훈을 알려주는 이 책은 우리 스스로 상실감과 고통, 비극으
로부터 언제든 자유로워질 수 있다는 점을 두고두고 상기시
켜줄 것이다.　　　　　　　　　　　　-《메트로 토론토》

인생의 장을 넘기는 데 필요한 요령을 담은 강력한 책!

-《볼티모어 선》

이 책을 보고 알게 됐다. 인생에 필요한 지혜를 배우는 데에 늦은 때란 없다는 것을!

-독자 Linda

고통과, 용기, 그리고 슬픔에 대해 우회하지 않고 정면으로 다루는 책.

-독자 kthdimension

『모리와 함께한 화요일』처럼 인생에서 가장 중요한 내면 깊숙한 곳을 들여다보게 한다.

- 독자 armchaircriticFLA

그냥 작가에게 이렇게 말하고 싶다. "고맙습니다! 이런 책을 써주셔서 정말 고맙습니다!"

-독자 Guill

첫 번째 지혜

새로운 일에 도전하기에
늦은 나이란 없다

어떤 일이든 도전은 그 자체로서 희망이다. 결과는 중요하지 않다.
우리는 살면서 많은 것을 잃으나 그만큼 무언가를 얻는다.
그러므로 무언가를 새롭게 시작하기에 너무 늦은 때란 없다.

2년마다 한 번씩 열리는 트랜스팩 대회는 로스앤젤레스에서 호놀룰루까지 태평양을 횡단해야 하는 아주 힘든 요트 경주입니다. 따라서 그 대회의 출전 자격을 얻는다는 것은 낙타가 바늘구멍에 들어가기보다 더 어려운 일입니다. 그런데 2003년도에 로이드 셸린저라는 70세의 노인이 이 대회에 참가하겠다고 나섰습니다. 그는 자존심이 강한 70세 노인이 할 만한 행동을 하고 말았습니다. 나이를 속인 것입니다. "40대 선장에게 69세라고 말했습니다. 그러면 좀 나을 것 같았거든요." 그러나 결과는 예상대로였습니다.

선장으로부터 참가를 거절당한 로이드는 완벽한 복수를 생각해냈습니다. 2005년 트랜스팩 대회를 위해 직접 전장 12미터의 보트를 마련하고 선원들을 모집한 것입니다. 물론 선원이 되기 위해서는 65세 이상이어야 한다는 조건을 붙여서 말입니다.

캘리포니아 항해 잡지에 선원 모집 광고를 내자 곧바로 지원서가 들어오기 시작했습니다. 제일 먼저 연락을 한 사람은 67세의 앤디 사츠라는 노인이었습니다. 앤디는 1956년 헝가리 올림픽의 1인승 요트대회에도 출전했던 인물로 25년간 요트 중개상으로 일한 경력을 가지고 있었습니다. 검안사로 일하던 66세의 마이크 가스는 로이드가 배를 정박해두는 실비치 부두에 있는 전장 13미터짜리 보트인 수잔나호에서 아내와 함께 살고 있었습니다. 그는 로이드 다음으로 항해사 등록을 했습니다. 67세의 허브 허버는 샌프란시스코 출신의 기술자로 많은 항해대회에 출전한 경력을 갖고 있는 베테랑이었습니다. 67세의 짐 도허티는 통신장비 설치 기술자로 손자가 열세 명이나 되는 할아버지였습니다. 이 두 사람은 마이크 가스 다음으로 항해 시험을 거쳐 선원이 됐습니다.

저도 멀리 메릴랜드에서 이 모험에 대한 소식을 듣고 신청을 했습니다. 로이드는 저보다 먼저 신청한 사람들이 몇 명 있으므로 일단 제 이력서를 접수해두겠다고만 했습니다. 그런데 운이 좋았던 것인지 저보다 먼저 신청한 다른 사람들이 모두 탈락하고 말았습니다. 물건을 망가트리거나, 눈에 띄게 불안해하거나, 갑판 위에서 네발로 기어 다녀 실격을 당했다는 것이었습니다.

2005년 1월, 로이드의 메일을 받은 저는 로스앤젤레스로 날아가서 시험 항해를 해야 했습니다. 저는 30년간 작은 보트를 탔던 경력을 강조했습니다. 물론 10미터 이상 되는 배는 타본 적이 없으며, 육지가 보이지 않는 곳까지 나가본 적도 없다는 사실은 굳이 밝히지 않았습니다. 제가 의사라는 점이 시험에 유리하게 작용한 것 같기도 했습니다. 물론 전공이 정신과라는 것이 약간의 우려를 자아내기는 했지만 말입니다.

시험 항해는 순조로웠습니다. 저는 좌현과 우현을 구분할 줄 알았고, 배 위에서 넘어지지도 않았습니다. 바다에서 2주일 정도는 버티고 살아남을 것처럼 보인 모양인지 마침내 저는 '6인의 난폭자들'로 알려진 팀의 여섯 번째 팀원이 될 수 있었습니다. 그때부터 대회가 열리는 7월까지, 저는 매달 캘리포니아로 날아가서 훈련을 하거나 연습 경주를 했습니다.

어쨌든 우리 팀원들은 서로 사이좋게 지냈습니다. 까다로운 사람이나 잘난 척하는 사람이 없었기 때문인지도 모르겠습니다. 사람의 품성을 알아보는 로이드의 직관력과 편안한 리더십 덕분이었던 것 같기도 합니다. 6개월간의 대회 준비 기간 동안 거친 말이 오고 간 적은 한 번도 없었습니다. 우리는 서로 모르는 사이였지만 어느새 모두 친구가 되어 있었습니다.

그런데 우리에 대한 소문이 퍼지자 대회에 출전하는 젊은 사람들이 농담을 던지고는 했습니다.

"비아그라 회사에서 협찬을 해주나 보죠?"

물론 우리는 그런 농담도 대수롭지 않게 받아넘겼습니다.

"아니, 하지만 부탁은 해봤지!"

모든 모험이 그렇듯이 오랜 항해 역시 희망의 표현이자 자기 내면으로의 여행일 뿐, 그 결과는 그리 중요한 것이 아닙니다. 우리에게는 특히 더 그랬습니다. 사실 우리는 시험 항해를 하며 멕시코와 산타바바라섬 주위를 돌아보고 난 직후에 다른 배들보다 속도가 한참 느리다는 것을 알게 됐습니다. 우리 부발라호(이디시어로 '애인'이라는 뜻)는 1969년도에 만들어진 '칼40'이라는 모델이었는데, 이 구닥다리 배로는 더 가벼운 배와 더 숙련된 선원들과 더 풍족한 예산을 따라갈 수 없었던 것입니다. 그러나 그런 사실을 알았다 한들 달라질 것은 없었습니다. 우리는 우리가 가진 조건 속에서 최대한의 속력으로 하와이까지 항해하면 되는 것이었으니까요. 우리들 중 태평양을 횡단한 경험이 있는 사람도 없었습니다. 하지만 그 항해는 우리 필생의 항해였고, 중요한 것은 그저 목적지에 도착하는 것이었습니다.

4천 킬로미터에 달하는 그 경주는 로스앤젤레스 서쪽의 '포인트 퍼민'이라는 곳에서 시작됐습니다. 출발 당시에는 산들바람이 불었지만 시간이 지날수록 약해졌습니다. 정상적인 상황이라면 오후 5시에 카탈리나섬을 지나야 했지만 우리는 다음 날 새벽 2시경에야 서쪽 끝에서 반짝이는 등대를 보며 2노트의 속도로 유령선처럼 지나가야 했습니다. 산타바바라섬을 지난 뒤에는 바람 한 점 없는 무풍지대를 지나는 데 여덟 시간을 허비했고, 이틀째 저녁에는 해류에 밀려 본토 쪽으로 1.5킬로미터 이상 뒤로 밀려나기도 했습니다.

그러던 중 때마침 가벼운 산들바람이 불어와 우리는 광활한 태평양을 마주하고 있는 북미대륙의 마지막 전진기지인 산니콜라스섬의 북쪽으로 가기로 했습니다. 하지만 그것은 섣부른 결정이었습니다. 밤이 되어 산니콜라스섬에 접근했을 때, 우리는 바위의 암석 돌출부를 지나 좀 더 북쪽으로 항해하기로 했지만, 갑자기 바람이 바뀌면서 배가 알류산 열도를 향해 북서쪽으로 가버렸던 것입니다. 때문에 간신히 방향을 돌려 바위를 돌아갔을 때는 더 강한 바람을 받으며 남쪽으로 가버린 다른 배들보다 몇 시간이나 뒤처져 있었습니다.

설상가상으로 배에 설치한 건전지 몇 개가 제대로 충전이 되지 않았습니다. 하는 수 없이 우리는 불을 모두 끄고 무선통신은 아침과 저녁에 위치보고만 하는 것으로 제한해야 했습니다. 단파무선으로 가족들에게 연락을 취하려고 했던 계획은 수포로 돌아갔고, 더 이상 컴퓨터 팩스로 기상예보를 받아볼 수도 없었습니다.

하지만 모두들 세 시간 근무하고 세 시간 쉬는 교대방식에 적응하면서 선상생활에 틀이 잡히기 시작했습니다. 망망대해는 인간이 얼마나 하찮은 존재인지를 일깨워주었습니다. 그곳에서는 인간의 나약함을 절실하게 의식하지 않을 수 없었습니다. 먹을 음식, 마실 물, 서로 이야기를 나눌 상대는 있었지만, 14일 동안 그 외 인간세상의 흔적은 아무것도 볼 수 없었습니다. 심지어 다른 배나 비행기조차도 볼 수 없었습니다. 물론 홀로 항해하는 사람들에 비할 바는 아니겠지만, 바다 한가운데서 예측할 수 없는 기류에 속수무책으로 의지하고 있는 상황만으로도 견디기 힘들었습니다.

새뮤얼 존슨의 말처럼 배는 침몰할 수도 있는 위험까지 더해진 감옥과도 같았습니다. 파도가 몰아치는 바다 위에 떠있는 작은 배는 어찌 보면 세상의 축소판처럼 느껴지기도 했습니다. 우리의 운명에 대해 완전히 무심한 우주 속에서 우리가 얼마나 작은 존재인지도 뼈저리게 느낄 수 있었습니다. 우리는 고독했지만 우리를 움츠러들게 하는 거대한 힘과 싸워 이길 수 있다는 믿음이 있었습니다. 분명한 것은 우리가 그 모든 것들을 견디고 육지와 인간세상으로 돌아갈 것이라는 사실이었습니다.

배가 북동 무역풍 속으로 들어가자 우리는 그것이 지구상에서 가장 믿음직스러운 자연현상이라며 스스로를 안심시켰습니다. 그리고 그 상태가 계속되기를 기도했습니다. 한순간 풍속이 30노트 가까이 되면서 배는 파도에 밀려가는 것보다도 빨리, 바람으로부터 얻을 수 있는 최대속도로 물살을 갈랐습니다. 이런 풍속에서 밤에 삼각돛을 올리고 진로를 유지하기 위해서는 배를 한쪽으로 기울였다가 다시 지그재그로 방향을 돌리는 아슬아슬한 곡예운전을 해야 했습니다.

태평양 횡단 경주는 인생의 황혼기에서 누린 최고의 경험이었습니다. 그야말로 순풍에 돛을 달고, 옆에서 뛰어오르는 돌고래를 보며, 더없이 소중한 친구들과 함께했으니 삶의 어떤 순간이 이보다 더 좋을 수 있을까요?

중간 지점에 이르러서 우리는 샴페인으로 축배를 들고 지구상의 육지에서 가장 멀리 떨어진 곳에 와 있는 순간을 기념했습니다. 다른 배에서 하는 위치보고는 더 이상 듣지 않기로 했습니다. 우리의 사기 진작을 위해서나 앞으로의 계획을 위해서도 별 도움이 되지 않았기 때문입니다. 무역풍은 강해졌다 약해졌다를 반복했으나 우리를 완전히 외면하지는 않았고, 그 덕에 15일째 되는 날 저녁 마우이섬에서 반짝이는 불빛들을 볼 수 있었습니다. 우리는 몰로카이에서 다시 진로를 바꾸어 50킬로미터가량 떨어진 결승점으로 향했습니다. 하지만 그곳에서 마지막으로 한 번 더 사투를 벌여야 했습니다.

우리는 1960년대식 보트에 맞는 비교적 작은 삼각돛을 올리기로 결정했습니다. 하지만 밤에 몰로카이섬에 접근했을 때 풍속은 25노트에 달했습니다. 돛을 다루는 것이 점점 힘들어지더니 급기야 그것은 밧줄에 감겨버리고 말았습니다. 모두들 돛을 끌어내리는 일에 매달렸습니다. 앞 갑판에 세 명, 조종실에 세 명이 있었습니다. 키잡이는 거의 정신을 잃을 지경이었습니다. 그때 평생 잊지 못할 것 같은 바람소리가 들리면서 큰 돛이 한순간에 보트 한 쪽에서 다른 쪽으로 내동댕이쳐졌습니다. 머리 위에서 돛의 활대가 휘파람소리를 냈을 때, 저는 누군가 죽거나, 배에서 떨어지거나, 아니면 돛대가 날아갔을 거라고 생각했습니다. 그러나 다행스럽게도 그런 재난은 일어나지 않았고, 우리는 삼각돛을 조심스럽게 다루며 기울어가는 달빛 아래에서 새벽을 향해 항해를 계속할 수 있었습니다.

마침내 하와이의 오하우섬을 지날 때 우리 뒤로 태양이 떠올랐고 다이아몬드헤드산이 은은한 새벽빛으로 물들었습니다. 아이팟에서 흘러나오는 이글스의 흘러간 명곡 〈올레디 곤Already Gone〉을 들으며 저는 잠시 젊은 시절의 힘이 용솟음치는 것 같은 느낌을 받았습니다. 우리는 다른 배들보다 이틀 이상 늦게 도착했습니다. 하지만 우리는 속도에서 뒤졌을지는 몰라도 패기와 열정에서는 어느 팀 못지않았습니다. 우리 여섯 명의 노인들은 낡은 배를 타고 사랑하는 사람들의 품을 향해 달려가고 있었습니다. 그리고 그들의 눈에 우리는 이미 영웅이었습니다.

오라, 친구들이여
새로운 세계를 찾기에 아직 늦지 않았노라
힘차게 밀고 나아가자, 줄지어 앉아서
철썩거리는 파도를 가르며 나아가자
나의 목표는 해 지는 쪽 너머 서쪽 별들이 모두
물에 잠기는 곳을 향해
목숨이 다하는 그날까지 항해하는 것

심해가 우리를 집어삼킬지도 모르지만

'행복의 섬'에 다다라서

전설의 위대한 아킬레우스를 만날지도 모르지만

잃은 것도 많지만 아직 남은 것도 많지 않나

비록 하늘과 땅을 움직이던

지난날의 힘을 갖고 있지는 않지만

영웅의 기상은 한결같다

세월과 운명에 의해 쇠약해져도, 강한 의지로

분투하고 추구하고 발견하고 결코 굴하지 않으니

— 앨프리드 로드 테니슨

도전도 열정도 없는 삶은 생각만 해도 따분하다.

하지만 우리들 대부분은 편하고 안정적인 삶을 따라간다.

도전적인 삶을 택했을 때 따라오는 두려움이 엄두가 나지 않기 때문이다.

도전하는 사람들은 성공이냐 실패냐를 미리 계산하지 않는다.

자신의 모든 것을 걸고 최선을 다해 전력투구할 뿐이다.

그러다 보면 성공은 자연스럽게 따라오고

실패하더라도 그들은 행복해한다.

인생은 한 번뿐이고 리허설도 없다.

도전을 꿈꾼다면 지금 당장 실행하라.

그 자체만으로 당신의 삶은 특별해질 것이다.

영원히 행복한 인생도,
영원히 불행한 인생도 없다

인생이 불만족스럽다면 기대와 욕심을 버리고 희망의 실마리를 찾아야 한다.
비가 그치면 밝은 태양이 떠오른다는 평범하지만 위대한 진리를 믿어라.
삶에 대한 탄력성을 가질 때 비로소 행복도 내 것으로 만들 수 있다.

사람들은 불행에 대해 많은 말들을 하고는 합니다. 그들의 말을 듣다 보면 한 번도 행복했던 적이 없는 사람처럼 보이기도 합니다. 그들은 금방이라도 삶을 포기할 것처럼 불행을 머리에 이고 삽니다. 행복해지고 싶은 마음이 그들을 그렇게 만들었을까요? 그렇다면 행복은 과연 무엇일까요? 사실 대부분의 사람들은 자나 깨나 늘 행복을 추구하면서도 어떻게 하면 행복해질 수 있는가에 대해서는 깊이 생각하지 않는 것 같습니다.

우리는 그 어느 때보다도 풍요로운 사회에서 살고 있습니다. 물질적으로 풍족하며, 인류의 생명을 위협하던 전염병들도 대부분 퇴치했습니다. 이쯤 되면 만족을 느끼며 살아갈 법도 한데 인간은 늘 무언가 부족해합니다. 하긴 그렇기 때문에 저 같은 사람들이 계속 상담 일을 하고 있는 것이겠지만요. 만족하지 못하는 우리의 삶은 무엇이 문제일까요? 혹시 원하는 삶에 다가가지 못하게 하는 방해꾼은 바로 나 자신이 아닐까요?

정신노동을 하는 사람으로서 저는 항상 육체노동을 하는 사람들을 부러워하고는 했습니다. 어린 시절을 농장에서 보낸 저는 다른 일은 몰라도 장작 패는 일만큼은 도가 텄습니다. 오래전 교외에 집을 한 채 마련했을 때에는 거실에 장작난로를 들여놓고 땔감을 구하러 다니기도 했지요. 하루는 어느 집 앞마당에 죽은 떡갈나무가 있는 것을 보고 집주인에게 나무를 베어서 땔감으로 가져가도 되냐고 물었습니다. 그랬더니 집주인은 기다렸다는 듯 반색하며 얼른 그렇게 하라고 하더군요.

그날 저는 죽은 떡갈나무를 길가로 끌어내서 하루 종일 장작을 팼습니다. 땔감을 싣고 나오려는데 집주인이 고맙다고 말하더니 목재회사에 죽은 나무를 치워달라고 했더니 500달러를 내라고 했다는 이야기를 들려주었습니다. 그 말을 듣고 나니 이번 기회에 저도 사업이나 한번 해볼까 하는 생각이 들더군요. 수소문해보니 '나무꾼 면허'를 취득하려면 실기시험과 필기시험을 치러야 한다는 겁니다. 지정된 날짜에 시험장으로 가서 플란넬 셔츠를 입고 수염이 덥수룩한 젊은이들과 함께 시험을 봤습니다. 필기시험은 쉬웠지만 그

다음이 문제였습니다. 시험관과 함께 거리를 헤매고 다니다 시험관이 아무 나무나 손으로 가리키면 답안지에 그 나무 이름을 적어야 했죠. 어떤 사람들은 나무만 보고도 척척 알아맞혔지만, 저는 한겨울의 차가운 땅바닥에 엎드려서 낙엽을 들여다보며 머리를 쥐어짜야 했습니다.

어쨌든 고생 끝에 면허를 딴 뒤 신문에 광고를 내서 두 해 동안 많은 나무들을 베어 넘겼습니다. 나무를 베는 일은 러닝머신 위에서 뛰는 것보다 훨씬 더 생산적인 운동입니다. 게다가 진짜 나무꾼에게 몇 푼 쥐여주고 나무 타는 법까지 배웠더니 일이 더 재미있어졌지요. 나무를 기어오르고 베는 것이 신기하게 보였는지 구경꾼들도 모여들고는 했습니다.

그런데 어느 날 죽은 히코리 나무를 기어오르다 나뭇가지가 부러지는 바람에 그만 10미터 아래 잔디밭으로 떨어지고야 말았습니다. 포장도로와 한 쌍의 구경꾼을 피해 떨어진 것이 그나마 다행이었죠. 엎어진 채 정신을 못 차리고 있는데 한 남자가 달려오더니 갑상선 부근을 손으로 만져보고 저를 안심시켰습니다. "걱정 마세요. 저는 의사입니다."라고 하더군요. 그래서 제가 물었습니다. "무슨 과 의사죠?" 피부과 의사라는 것이 그의 대답이었습니다. 그때 멀리서 응급차 사이렌 소리가 들려왔습니다. 금이 갔던 뼈가 붙고 치료가 끝난 뒤, 저는 나무 베는 일을 그만두었습니다.

이야기가 길어졌나요? 제가 하고 싶은 말은 세상일에는 언제나 길흉화복이 함께한다는 것입니다. 언제까지나 행복한 일도, 언제까지나 불행한 일도 없습니다. 저는 땀 흘려 일해서 돈을 벌어보겠다는 꿈을 이루었지만 몸을 다치고 말았습니다. 우리는 힘든 일을 겪고 나면 자연스럽게 삶의 이치들을 깨치고는 하지요. 저도 나무꾼 경험을 통해 소중한 지혜를 한 가지 얻은 셈입니다.

흔히들 '인간사 새옹지마'라고 합니다. 특히 자신이 불행하다고 느낄 때 이 말이 얼마나 큰 위안이 되는지 모릅니다. 어떤 일은 오랜 시간이 지난 뒤에야 진정한 모습을 드러냅니다. 그럼 우리는 그 일을 때때로 회상하며 즐거워합니다. 당시에는 정말 힘들었던 일들도 지금 생각해보면 어쩌면 그리 아름다운지요. 하지만 그때는 왜 그렇게 힘들었던 걸까요? 아마도 좀처럼 만족이라는 것을 모르는 인간의 특성 때문일 겁니다. 그래서 "지나친 욕심이 화를 부른다."라거나, "모든 것을 원하는 사람은 모든 것을 잃을 수 있다."라거나, "신은 기도를 들어주는 것으로 우리에게 벌을 준다."라는 말들이 생겨난 것입니다. 세상은 변해도 이러한 진실은 변하지 않습니다.

사람들은 종종 제게 "저는 열심히 살았습니다. 그런데 왜 이렇게 불행한 걸까요." 하고 묻습니다. 그렇습니다. 대부분의 사람들은 열심히 삽니다. 열심히 산다는 것은 세상에 주어진 규칙을 잘 지키고 남을 배려하며 사는 것입니다. 하지만 어느 날 문득, 그렇게 산다고 해서 항상 행복해지는 것은 아니라는 것을 깨닫고 실망하게 됩니다. 많은 규칙들이 자신보다는 다른 누군가의 이익과 특권을 보호하기 위해 만들어진 것임을 알게 되지요. 이로 인해 우리는 어떤 제어할 수 없는 사회적 힘들의 손아귀에 잡혀 있는 듯한 느낌을 갖게 되면서 한없이 우울해지기도 합니다. 유전병과 같은 불가항력적인 불행 앞에서도 마찬가지고요.

정신의학은 사람들의 행동이 정상인지 아닌지를 구분하는 일을 맡고 있습니다. 미국 정신의학회에서 『정신질환의 진단과 통계 편람』이라는 책을 펴낸 것은 그러한 노력의 일환이겠지요. 이 묵직한 개론서에는 우리 사회에서 비정상으로 간주되는 사람들의 행동에 대한 설명이 나와 있습니다. 거기에는 중요한 정신질환들(조현병, 조울증, 심각한 우울증 등)과 함께 다양한 종류의 불안증과 의욕상실도 포함되어 있습니다. 반사회성, 강박성, 의존성, 회피성 등의 '인격장애'를 가진 사람들은 불량하고 부적응적인 행동을 함으로써 다른 사람들을 힘들게 하고 착취하고 분란을 일으킵니다.

사람들의 다양한 성향은 어느 정도 유전적으로 타고납니다. 예를 들어, 일란성쌍둥이는 서로 떨어져 성장해도 유사한 정신질환에 걸릴 가능성이 높습니다. 특히 반사회성 인격장애와 같은 성격적 특징들은 일치할 확률이 높습니다. 선천적인 요인과 후천적인 요인은 똑같이 중요한 정도로 사람의 됨됨이를 결정합니다.

이렇게 인간의 행동에 대한 진단과 설명이 많이 나와 있지만 우리는 여전히 어떻게 살고, 어떤 책임을 지고, 무엇에 순응해야 하는지 본질적인 질문들과 부딪칩니다. 심장병을 예로 들어보지요. 성별과 유전적 요인들처럼 어쩔 수 없이 심장질환에 걸리기 쉬운 조건들이 있습니다. 만일 가족 중에 심장병으로 일찍 죽은 사람이 있다면 담배를 끊고 음식을 조절하고 규칙적인 운동을 해야 할 것입니다. 하지만 그래도 심근경색에 걸릴 가능성은 있습니다. 그렇다 한들 미리 자포자기하고 아무 음식이나 먹고 술을 마시고 담배를 피워야 할까요? 물론 선택은 각자의 몫입니다. 하지만 불리한 상황에서도 최대한 행복해지기 위해 노력하는 사람과 충분히 행복할 수 있는 조건임에도 끊임없이 불평만 늘어놓는 사람 중 어떤 사람의 삶이 더 가치 있는 것일까요?

한 작가는 행복을 성취와 기대감으로 이루어진 분수로 설명했습니다. 만일 분자인 성취가 더 크다면, 삶에서 원하는 것을 충분히 이루고 행복할 확률이 높습니다. 하지만 분모인 기대감이 성취할 수 있는 것보다 더 크면 만족을 못 합니다. 여기서 중요한 점은, 행복은 주관적인 경험이므로 분자와 분모의 크기를 스스로 결정할 수 있다는 사실입니다. '나는 어느 정도의 성취에 만족하는가?' '내가 나 자신에게 거는 기대는 성취할 수 있는 것들인가?' 행복해지고 싶다면 스스로에게 이런 질문들을 던져봐야 합니다. 왜냐하면 우리는 과도하게 많은 것들에 욕심을 내며 살아가고 있기 때문입니다. 그런 면에서 '마음을 비우면 더 큰 것을 얻는다.'는 경구는 우리에게 많은 울림을 줍니다. 더 큰 것이란 물론 행복과 평화겠지요.

요즘처럼 바쁘게 돌아가는 세상에서는 언제 어떤 일이 일어날지 모릅니다. 따라서 삶에 대한 탄력성이 있어야 합니다. 욕심이 과하다면 욕심을 버려 만족을 찾고, 절망스러운 상황에 부딪혔다면 그 순간을 딛고 일어나 희망을 찾아야 합니다. 인생의 좋고 나쁜 일들에 적절히 대처하며 순리를 따라가는 것이지요. 그리고 어두웠던 과거와 원망하는 마음과 젊은 시절의 자아를 떠나보내는 연습을 해야 합니다.

어느 누구도 예외가 될 수 없습니다. 자신이 처한 현실을 자포자기의 변명으로 삼을 것인지, 아니면 매일 아침 일어나기 위해 필요한 용기를 주는 자극제로 삼을 것인지, 이 모든 것은 각자가 선택해야 합니다.

우리가 느끼는 불행은 매우 주관적이다.
남들이 볼 때는 별 문제가 아닌데도 나 혼자 신경을 곤두세우며 힘들어한다.
더 많이 행복해지고 싶다는 욕심 때문에
계속 불행한 마음으로 지내는 것은 바보 같은 짓이다.
고통스럽고 힘든 날들도 세월이 흘러 되돌아보면
오히려 행복했던 시절로 추억되고는 한다.
그것은 한 발 물러서서 상황을 바라볼 여유가 생겼기 때문이다.
만족하는 마음이 곧 여유이며 능력이다.
행복해지고 싶다면 자신의 현재를 인정하고 격려하라.
그러면 누구보다 행복한 자신을 만날 수 있게 될 것이다.

고통에 빠진 사람을 위로하는 방법은
함께 아파해주는 것뿐이다

우리는 흔히 감기는 앓을 만큼 앓아야 낫는다고 말한다.
이별의 고통도 마찬가지다. 외면한다고 해서 사라지지 않는다.
앓을 만큼 앓아야 한다.
그러므로 고통에 빠진 사람을 위로하는 방법은 함께 아파해주는 것뿐이다.

당사자가 아닌 이상 사별의 아픔을 이해한다는 것은 불가능할지도 모릅니다. 그러면 우리는 어떻게 서로를 이해하고 위로해야 할까요? 거짓말이나 가벼운 다독거림 또는 명료한 말만으로는 슬퍼하는 사람을 위로할 수 없습니다. 우리의 얼굴과 성격이 모두 다른 것처럼 가슴 아픈 상실에 대한 반응 역시 서로 다르기 때문입니다. 최선의 위로는 슬퍼하는 사람과 함께 있으면서 하소연을 들어주고 절망감을 함께 나누는 것입니다.

죽음은 수시로 우리에게 무력감을 주고 삶을 통제할 수 있다고 생각하는 환상을 비웃고는 합니다. 죽음은 예상된 경우라 해도 우리를 놀라게 합니다. 하물며 탄생을 기뻐해야 할 현장에서 예기치 않은 죽음과 맞닥트린다면 더 말할 나위도 없겠지요. 이럴 때 우리의 용기는 시험대에 오릅니다.

우리는 앞으로 태어날 아이들의 미래에 무한한 기대를 겁니다. 자식으로서 그 아이들은 우리에게 줄 수 있는 사랑을 줄 것이고, 우리의 유전자를 다음 세대로 전달할 것입니다. 또한 훌륭한 사회의 일원이 될 것이고, 우리가 늙으면 돌봐줄 것입니다. 어떤 의미에서 아이들은 세상에 태어나기 이전부터 우리의 일부입니다. 우리의 자아와 세상에서의 위상을 변화시키기 때문입니다. 다른 자녀가 있건 없건 새로 태어날 아이들은 우리의 삶에 큰 의미를 부여하며 많은 자리를 차지합니다. 그리고 우리에게는 아이들을 보호하는 것이 가장 즐거운 의무가 됩니다. 우리는 아이들이 성장해가는 모습을 머릿속으로 그려보기도 합니다.

비록 우리들의 꿈은 위축되고 퇴색됐어도 새로 태어날 아이들에게 갖는 꿈만은 무한하고 순수합니다. 아이들이 살아갈 세상은 젊음과 아름다움이 넘쳐나고, 시련도 없을 것이라고 기대해봅니다. 그리고 아이들이 인생의 긴 세월에서 오로지 지혜만을 얻을 것이라고 생각해봅니다.

우리는 아이들이 우리와 달리 총명할 것이라고 생각합니다. 물론 학교에서도 공부를 잘할 것이고, 어른이 되면 자신들의 아이를 갖게 될 것이고, 그 아이들 역시 완벽하겠지요. 우리는 아이가 태어나기 전에도 이미 아이들을 사랑하고 있습니다.

우리가 아이들을 만나는 날은 인간이라는 존재에게 주어지는 모든 축복과 은총이 함께하는 날입니다. 아이 방이 준비되고 알록달록한 모빌이 새로 장만한 아기 침대 위에 걸립니다. 탁자 위에는 기저귀가 차곡차곡 쌓여 있습니다. 방은 밝고 편안한 색의 벽지로 꾸며져 있고, 익숙한 자장가가 흘러나올 오르골도 손 닿는 곳에 둡니다. 자동차에는 병원에서 아기를 데려올 때 사용할 안전시트를 설치해둡니다. 가족들은 전화기 옆에 앉아서 새로운 가족을 환영할 준비를 합니다.

그런데 아이가 갑작스럽게 죽음을 맞음으로써 상상할 수 없던 고통에 휩싸이게 됩니다. 이제 다시는 옛날로 돌아갈 수 없을 것 같고, 회복할 수 없는 상실이 준 고통이 영원히 사라지지 않을 것 같습니다. 그럴 때 우리는 차라리 우리가 맞닥뜨린 운명에 무감각한 사람이 되기를 바랍니다. 자신이 어떤 사람이었고 앞으로 어떤 사람이 되든지 간에 자식 잃은 부모가 될 것입니다. 고독과 절망의 거대한 파도가 덮치고 숨쉬기조차 버거워집니다. 차라리 이러다가 심장이 멈추면 좋겠다고 생각합니다.

사실 우리는 아픔을 가진 사람들과 함께 슬퍼하거나 함께 있어주는 법을 배우지 못했습니다. 저라도 가르쳐줄 수만

싶습니다. 물론 슬픔을 잘 위로하는 사람도

다른 사람들보다 조금 더 잘할 뿐입니다. 우

함께 나누고 위로하는 데 서툰 것은 아픈 사람

을 제대로 이해하지 못하기 때문입니다.

대부분의 사람들은 비애와 애도를 잘못 알고 있습

서로 다른 경험을 의미하는 두 단어를 같은 뜻으로 사

고 있는 것입니다. 비애는 사랑하는 사람의 죽음에 대

내적인 감정입니다. 반면 애도는 비애라는 내적인 감정

을 밖으로 표현하는 것입니다. 이것은 문화와 밀접한 관계

가 있습니다. 현대 미국 문화는 하나의 명령에 초점을 맞추

고 있습니다. 바로 비통한 감정을 극복하라는 것입니다. 『정

신질환의 진단과 통계 편람』을 보면 사별에 관한 부분에 다

음과 같은 내용이 있습니다. "심각한 우울증이란 일반적으

로 사별 후 두 달이 지났는데도 증세가 지속되는 것을 말한

다." 다시 말하면, 사별 후 두 달 넘게 슬퍼하고 옛날로 돌아

가지 못하면 정신질환자가 되는 셈입니다.

또 다른 잘못된 믿음은 비애를 통과하는 순차적인 순서가

있다고 생각하는 것입니다. 스위스의 유명한 심리학자인 엘

리자베스 퀴블러 로스는 사람들이 충격적인 소식을 접할 때

의 반응을 부정으로 시작해 인정으로 끝나는 몇 가지 단계

로 구분했습니다. 하지만 실제로 사별의 아픔을 겪는 사람들은 상반된 감정들의 무차별적인 공격을 받습니다. 어쩔 수 없이 상실감을 안은 채, 그러나 진정으로 '받아들이지는' 못한 채로 살아갑니다.

이와 관련된 더욱 잘못된 믿음은 슬픔은 피해야 하는 감정이라고 생각하는 것입니다. 그러나 슬픔은 피하거나 극복할 수 없으며 고스란히 겪을 수밖에 없습니다. 유일한 '치료'는 불안감과 혼란과 죽고 싶다는 생각을 포함한 극도로 괴로운 감정들을 견디도록 도와주는 것뿐입니다. 사별을 겪은 사람들은 공통적으로 초기 단계에서 '미쳐버릴 것' 같은 감정을 느낍니다.

사별의 아픔을 겪는 사람들은 이런 상태가 얼마나 오래 지속될지 궁금해합니다. 사랑하는 사람과의 사별은 우리를 영원히 변화시킵니다. 슬픔은 끝나지 않으며 완화될 뿐입니다. 딘 쿤츠는 그의 소설 『혼자 살아남다Sole Survivor』에서 사별의 아픔을 이렇게 표현했습니다.

그는 '동병상련'이라는 모임에 몇 번 나가서 다른 부모들이 '제로 포인트'에 대해 이야기하는 것을 들었다. 그들이 말하는 제로 포인트란 아이가 세상을 떠난 순간부터 모든 미래가 지난 일이 되고 눈 깜짝할 사이에 압도적인 상실감이 우리 내면에 있는 계량기의 숫자를 제로로 떨어트리는 것을 말한다. 그 순간 초라한 희망과 소망의 상자(한때는 밝은 꿈들로 가득한 멋진 상자처럼 보였던)가 뒤집어지면서 심연 속으로 쏟아지고 더 이상 아무런 기대도 남지 않게 된다. 눈 깜짝할 사이에 미래는 더 이상 가능성과 경이로움의 왕국이 아니라 멍에가 된다. 돌아갈 수 없는 과거만이 오로지 살아가는 이유를 제공해준다. 그는 1년 이상 제로 포인트에 존재했고 시간은 양방향으로 그에게서 뒷걸음쳐 갔다. 미래에도 과거에도 속하지 않은 채로, 마치 액체수소 탱크 속, 극저온 액체에 깊이 빠져 있는 것처럼.

사별을 둘러싸고 제가 '값싼 슬픔'이라고 부르는 또 다른 신화가 만들어지기도 합니다. 자식을 잃은 슬픔을 경험한 사람들은 비행기 사고로 유명을 달리한 존 F. 케네디 주니어(JFK 주니어)의 죽음을 접한 가족들의 슬픔을 "말로 표현할 수 없다."고 전한, 그의 삼촌 테드 케네디의 심정을 충분히 이해합니다. 하지만 그 젊은이의 죽음에 대한 국민의 집단적인 감정에 대해서는 어떻게 생각해야 할까요?

다이애나 왕세자비나 다른 사람들의 죽음과 마찬가지로, JFK 주니어의 죽음에 대한 감정은 공공연하게 표현됐습니다. 사실 우리는 방송 앵커에서부터 시작해 학자들은 물론 길거리를 지나는 사람들까지 텔레비전 카메라 앞에 서서 한 마디씩 던져놓은 말의 홍수에 빠졌습니다. 예를 들면, "그는 멋지고 우아한 사람이었습니다."라든가, "그를 친구처럼 느꼈습니다."와 같은 말들 속으로요. 텔레비전은 그의 아버지 존 F. 케네디 대통령의 죽음에서 우리가 느꼈던 상실감의 그림자를 다시 불러내려는 의도로 JFK 주니어의 어린 시절과 성인 시절의 사진을 끊임없이 반복해 보여주었습니다.

물론 유명인사에게 감정이입을 하는 것이 잘못은 아닙니다. 다만 사람들은 그저 이미지와 그들이 하는 일을 통해 유명인사를 알고 있을 뿐입니다. 나이 지긋한 사람들에게 JFK 주니어는 한때 우리에게 희망의 근거였던 누군가의 매력적인 아들이었습니다. 그리고 좀 더 아랫세대에게는 젊음과 아름다움을 숭배하고, 명성과 업적을 구분하지 않으며, 텔레비전과 영화로 포장된 감정을 선호하는 문화의 상징이었습니다. 그런 점에서 그의 죽음은 단지 또 다른 구경거리이자 일종의 연예사업이었고, 그 속에서 어떤 사람들은 강렬하고 짧은 슬픔을 바쳤던 것입니다.

그렇다면 무엇이 문제일까요? 물론 사람들이 타인의 죽음에 대해 자신에게도 똑같은 불행이 일어난 것처럼 믿고 싶어 할 때, 그들이 표현하고자 하는 감정이 진실하지 않다고 말할 수는 없습니다. 다만 가족을 잃은 사람에게 그것은 '안전한 슬픔'처럼 보입니다. 그들은 눈물을 흘리며 슬퍼하지만 며칠 후, 또는 길어야 몇 주 후면 훌훌 털어버리고 일어날 것이기 때문입니다. 그러한 사실을 알기에, 자신의 삶에서 소중한 사람을 잃어 가슴 찢어지는 고통을 겪어본 사람들에게는 유명인사의 죽음을 슬퍼하는 대중들의 모습이 공허해 보이기만 합니다.

'아메리카 온라인'(미국의 인터넷 미디어 회사—옮긴이)은 JFK 주니어가 사망했다는 사실이 알려지자 초당 한 건씩 관련된 게시물들이 올라오고 있다고 발표하기도 했습니다. 대체로 그의 죽음에 크게 상심했다는 메시지들이었습니다. 종종 그러한 종류의 감정표현들과 함께 가족의 안부를 걱정하고 모두가 곧 행복해지기를 바란다는 피상적인 기원도 함께 올라왔습니다. 그 메시지들이 진정으로 애도하기 위한 것이었다면, 그것들은 봉투에 넣어서 가족들에게 보내졌어야 합니다. 하지만 그렇지 않았습니다. 그래서 제게는 그 조문들이 자기감정에 빠져서 하는 소리처럼 들릴 뿐이었습니다. 우리가 슬퍼하고 있다는 것을 알아달라는 것처럼 말입니다.

하지만 그러한 '슬픔'은 아이나 형제나 부모를 잃은 사람들이 느끼는 절망의 서투른 모방에 불과합니다. 그 모방된 슬픔에 끝없는 고통, 잠 못 이루는 밤, 삶이 언제 어떻게 끝날지 모른다고 생각할 때의 허무함은 없습니다. 말로 표현할 수 없는 그 무엇인가가 없습니다.

아무도 이별을 피할 수는 없습니다. 오래 살다 보면 많은 이별을 경험하게 됩니다. 이별에 대한 본능적인 반응은 비통함입니다. 슬픔, 눈물, 의기소침, 불면증, 식욕상실, 집중력 저하와 같은 증상들이 나타납니다. 이 증상들은 우울증과 흡사합니다. 하지만 우울증과는 다릅니다. 우울증은 자긍심이 떨어지는 특징이 있지만, 사랑하는 사람을 잃었다고 해서 자긍심이 사라지는 것은 아니기 때문입니다.

오랜 기간 되풀이해서 슬픔을 경험하는 사람들에게 우리가 주어야 할 것은 희망입니다. 우리가 겪은 상실감과 좌절의 경험들은 다른 사람들을 위로할 수 있는 조건이 됩니다. 유족들은 특히 직접 고통을 겪어보지 않은 사람들이 위로할 때 쓰는 틀에 박힌 문구에 민감하게 반응합니다. 사별을 경험한 사람들이 모인 인터넷 게시판에는 인생에서 최악의 순간을 마주하고 있는 그들이 어설픈 위로를 받고 화가 나서 쓴 글들이 종종 올라옵니다. 다음은 그들 중 한 명이 자신을 화나게 하는 말이 무엇이고 그 말에 자신이 품은 생각은 무엇인지를 적은 것입니다.

- 그 아이는 더 좋은 세상으로 갔어요.
  → 하지만 나는 그 애랑 함께 있을 수 없잖아?
- 당신이 어떤 기분인지 압니다.
  → 당신이 아이를 잃어본 적이 있어?
- 아픈 만큼 강해지는 거라고 합니다.
  → 전혀 강해진 느낌이 들지 않는데?
- 신은 우리가 견디지 못할 시련은 주지 않는다고 합니다.
  → 말하기는 쉽지.
- 당신은 아주 강한 사람이에요. 저라면 못 견뎠을 겁니다.
  → 견디지 않으면 어떡해야 하는데?
- 다시 임신할 수 있잖아요.
  → 아이는 일회용이 아니야!

자신이나 다른 사람들이 상실의 아픔을 겪을 때 대처하는 방식을 보면 그 사람이 어떤 사람인지 알 수 있습니다. 비애와 애도에 대한 태도를 보면 특히 그렇습니다. 화해할 수 없는 운명에 맞서 싸우며 스스로 삶의 목적을 찾아야만 했던 뼈아픈 경험을 해보지 않은 사람이, 과연 사랑하는 사람을 잃은 절망감으로 무너져 내린 사람에게 희망을 이야기할 수 있을까요? 희망을 말할 수는 있겠으나 그 안에는 어떤 절실함이 없을 것이고, 그래서 아무런 위안도 되지 않을 것입니다.

삶은 때로 우리에게 견딜 수 없는 고통과 시련을 주고 시간과 운명의 무거운 짐을 견뎌낼 것을 요구합니다. 우리는 이 무거운 짐을 함께 나눌 수 있는 사람이 되어야 합니다. 그럼으로써 우리가 도움을 주는 사람뿐 아니라 우리 자신도 위안을 받고 힘을 얻을 수 있습니다. 결국 우리는 진정으로 고통을 함께 나눔으로써 삶의 또 다른 선물인 희망도 함께 나눌 수 있는 것입니다.

우리는 살아가면서 여러 가지 슬픔과 고통을 만난다.
특히 사랑하는 사람과의 사별은 그중 제일 큰 아픔이다.
이때 우리는 슬픔에 잠겨 있는 사람을 어떻게 위로하는 것이
좋을지 고민하고는 한다. 물론 의례적인 말들은 많다.
하지만 판에 박힌 위로는 상대에게 오히려 피곤한 일이 될 수도 있다.
상대의 아픔과 고통을 진정으로 헤아릴 수 없다면
그저 옆에서 함께 있으면서 이야기를 들어주어라.
자신이 모든 고통을 이해한다는 식으로 몇 마디 던지는 것은
상대를 위한 것이 아니라 내 체면치레에 불과하다.

네 번째 지혜

진정한 행복을 위해서는
삶의 의미를 찾아야 한다

아픈 곳이 없다고 해서 건강하다고 말할 수 없는 것처럼
고통스럽지 않다는 이유만으로 행복하다고 말할 수는 없다.
진정한 행복은 스스로 생각하는 삶의 의미,
존재의 의미에 충실하게 다가섬으로써 가능하다.

상담을 받으러 오는 사람들을 보면 좌절과 불안으로 고통을 받고 있는 경우가 꽤 많습니다. 사실 좌절과 불안은 정신과 의사에게 도움을 구하는 사람들에게 가장 흔히 볼 수 있는 증상이기도 합니다. 그런데 요즘은 이 증상을 효과적으로 덜어주는 약이 개발되어 많은 환자들이 도움을 받고 있습니다.

하지만 그 약들의 효과는 한편으로 행복은 단지 불행하지 않은 것 그 이상이라는 사실을 잊게 합니다. 그래서 저는 사람들에게 약을 처방하며 이것은 단지 우울한 기분을 덜어주기 위한 것이라고 설명합니다. 그들의 삶에서 즐거움을 빼앗고, 잠을 이루지 못하게 하고, 가까운 사람들과 잘 지내지 못하게 만드는 굴레를 벗어버리도록 하기 위한 것이라고요. 실제로 약물치료만으로도 충분히 효과를 보는 사람들이 꽤 있습니다. 오랜 고통에서 벗어나기를 간절히 바라던 이에게는 정말 고마운 일일 것입니다. 그들은 마치 감옥에서 해방된 것과 같은 기분을 느낍니다. 하지만 그들에게는 이제 무엇을 할 것인가 하는, 보다 더 중요한 문제가 남게 됩니다.

건강이 단지 질병의 부재가 아니듯, 행복도 단지 고통의 부재가 아닙니다. 따라서 우리 스스로 행복하다고 말하기 위해서는 보람을 느낄 수 있는 활동이 요구됩니다. 더 나아가서는 삶의 의미를 묻는 질문과 대면해야 합니다. 이를테면 '우리가 매일 아등바등하며 사는 이유는 무엇인가.'라는 질문을 스스로에게 던져봐야 합니다.

비록 말로 표현되지는 않더라도 매일의 생활 속에서 개인의 삶의 의미와 존재 가치에 대한 질문은 되풀이되고 있습니다. 특히 은퇴한 사람들의 삶에서는 더욱 그렇습니다. 우리의 존재는 흔히 직업으로 정의되는 경향이 있기 때문에 은퇴 후 직업이 없다는 사실은 존재 자체를 흔들어버립니다. 우리를 묶어두고 있던 뭔가가 이제는 없기에 존재 자체가 위기에 처하게 되고, 아직 '생산적인' 활동을 하는 사람들과는 완전히 멀어지게 됩니다. 그나마 가족들만이 겨우 관계를 유지시켜주지요. 하지만 결국 정신적으로나 육체적으로나 쇠락하며 가족들에게도 부담을 안겨주게 됩니다.

어느 누구도 이런 비참한 노후를 보내고 싶지는 않을 겁니다. 그러려면 우리에겐 준비가 필요합니다. 전문가들이 흔히 지적하듯이 행복한 노후를 위해서는 돈과 친구와 건강이 필요합니다. 하지만 그보다 더 필요한 것은 "이것이 내가 살아가는 이유이며 의미다."라고 말할 만한 그 무엇입니다. 삶의 의미와 존재 가치를 마련하지 못한 상태에서 맞이하는 노후는 불행할 수밖에 없습니다.

그렇다면 우리는 어떻게 해야 진정한 삶의 의미와 존재 가치를 찾을 수 있을까요? 이를 찾는 것은 결코 쉬운 일이 아닙니다. 어떤 사람은 더 예뻐지고 날씬해지기 위해 아낌없이 돈을 쓰고는 매력적인 외모에서 자신의 존재 가치를 찾고는 합니다. 물질만능 사회가 빚어낸 서글픈 자화상이라고 할 수도 있습니다. 단지 소비하기 위해서 사는 일은 너무 허무할 것입니다. 우리에게는 단지 즐기기 위한 수단이나 먹고살기 위한 수단이 아닌, 보람과 감동을 느낄 수 있는 어떤 일이 필요합니다.

물론 그 일을 찾기는 쉽지 않습니다. 그래서 많은 사람들이 좌절과 불안으로 고통을 받고 있는 것이겠지요. 사람들이 종교에서 위안을 받고자 하는 이유도 바로 여기에 있을 겁니다. 분명한 삶의 목적과 의미를 찾지 못하는 사람에게 종교는 결국에는 구원을 받을 수 있다는 확신을 줍니다. 그리고 구원에 대한 확신은 삶과 죽음을 둘러싼 근원적 질문에 대한 가장 확실한 대답이 됩니다. 그러나 종교에만 매달리는 삶은 바람직하지 않을 것입니다. 우리는 스스로 더 높은 이상을 실현하기 위해 노력할 수 있고, 그 노력을 통해 각자 자신의 영혼을 구원할 수 있습니다. 매 순간 삶의 의미를 실현하고자 애쓰며 그 속에서 행복을 발견할 수 있다면, 그것만으로도 대단히 성공적인 삶이라고 저는 생각합니다.

사는 일이 지치고 힘들 때 우리는 스스로에게 묻는다.
'나는 무엇을 위해 이렇게 정신없이 살고 있는가?'
이 질문에 대한 마땅한 답을 찾지 못할 때
그럴 때 우리는 불행해진다.
우리의 삶은 계획한 대로 흘러가지 않는다.
전부 포기하고 싶을 정도로 절망적일 때도 있다.
하지만 삶의 의미가 명확하다면 그 고뇌는 곧 정리되고 승화된다.
당신 스스로 정의한 인생의 의미와 가치가 있는가.
행복은 바로 거기에 있다.

다섯 번째 지혜

꿈은 내가 스스로 내딛는
발걸음만큼만 가까워진다

내 삶을 바꿀 수 있는 사람은 나 자신뿐이다.
다른 사람의 조언이나 도움이 우리를 구원해줄 것이라는 환상을 버려라.
변화를 원한다면 자신의 모든 에너지를 쏟아붓겠다는 용기와 의지를 가져라.

저는 종종 상담하러 오는 사람들에게 "당신은 왜 그렇게 몸을 사리지요?"라고 묻습니다. 사람들은 어떻게든 자신의 에너지를 쓰지 않으려고 합니다. 스스로 상황을 변화시키기 위한 노력을 하기보다는 어떤 외부의 힘이 자신에게 행동을 취할 수 있도록 만들어주기를 기다립니다. 그 모습은 마치 메시아의 재림을 기다리는 행동인 것처럼 보일 때가 있습니다. 나는 휴거가 가까워졌다고 믿는 사람들은 그나마 능동적인 사람들이라고 평하고 싶습니다. 자신들의 행위에 대해 나름대로 이유를 갖고 있기 때문입니다. 그들은 언젠가 가야 할 천국에 대한 준비를 하면서 하나님을 찬양하고 숭배하는 것일 테니까요.

이런 이유조차 찾지 못하는 사람들은 자신이 아무것도 하지 않는 것에 대해 어떤 식으로든 해명을 해야 합니다. 하기야, 변명거리를 얼마든지 만들어내는 사람도 있기는 합니다만, 그런 식의 변명은 자기 발전에 도움이 되지 않습니다.

가능한 한 몸을 사리려는 태도는 수동적인 사람들에게서 많이 나타납니다. 이런 사람들은 심리상담을 받아도 진전이 없습니다. 의사가 환자에게 지시를 내리고 약을 처방하는 방식의 전통의학은 그 자체만으로는 효과가 없습니다. 환자 스스로 변해야겠다는 의지를 가져야만 아주 작은 변화라도 일으킬 수 있는 것입니다.

얼마 전 인간의 조건에 대한 책을 출판한 후, 먼 곳에서도 많은 사람들이 저에게 상담을 받겠다고 전화를 해왔습니다. 그들은 제 책에서 통찰력과 재미를 발견하고는 어떤 도움을 받을 수 있지 않을까 하는 기대를 갖고 저를 만나러 온 거겠 죠. 그중 한 사람은 이렇게 말했습니다. "여태껏 많은 상담가 들을 만났는데, 당신이 제 마지막 희망입니다." 저 역시 우쭐 한 기분이 들어 그들에게 새로운 변화의 기회를 줄 수 있기 바랐습니다. 하지만 그들은 몇 차례의 상담만 받고는 실망하 고 그만두었습니다. 아마 기대에 미치지 못했던 모양입니다.

갑자기 존 업다이크가 젊은 시절, 평소 존경하던 작가들 을 만나고 보니 실망이었다고 쓴 글이 기억나는군요. 그 작 가들은 알고 보니 주정뱅이거나 잘난 체하는 허풍선이었을 뿐, 어쨌든 그가 생각했던 비범한 예술가와는 거리가 멀었습니다.

그런데 존 업다이크는 자신이 작가가 되고 난 뒤 자신을 간절히 만나고 싶어 했던 사람들의 눈에서도 젊은 날의 자신이 가졌던 것과 똑같은 실망감을 보았습니다. 그 또한 그의 애독자들이 기대했던 것만큼의 기지나 심오한 철학을 가진 사람처럼 보이지 않았던 것입니다.

사람들은 자신이 기대했던 바를 외부에서 찾고는 하지만 대부분 실망하게 됩니다. 왜냐하면 우리의 기대를 채워주고 삶을 바꿔줄 수 있는 힘은 외부에 없기 때문입니다. 다른 사람의 지침이나 조언이 우리를 구원하리라는 환상은 버려야 합니다. 대신 우리 자신이 원하는 것이 무엇이고 어떻게 하면 그것을 구할 수 있는지에 대한 자기 성찰과 판단, 그리고 변화할 수 있다는 의지가 필요합니다.

사람들 대부분은 더 이상 견딜 수 없을 만큼 고통스러운 정도가 돼야 비로소 변화를 모색합니다. 그제야 인생에는 연습이 없다는 자각과 함께 아무도 자신을 대신해서 인생을 책임져주지 않는다는 사실을 깨닫습니다. 우리의 삶은 불확실하고 유한합니다. 나이를 불문하고 많은 사람들이 하던 일을 끝내지 못한 채 세상을 떠나지요. 따라서 무언가 하고 싶은 것이 있다면 지금 당장 시작해야 합니다. 다른 사람에게 의존하지 말고 자기 스스로의 힘으로 말입니다.

사실 현대 소비사회는 우리로 하여금 행복의 근원을 자기 자신이 아닌 외부에서 찾도록 부추기고 있습니다. 신속한 해결책, 위안을 주는 약물, 무수히 쏟아지는 신제품들, 내용보다는 모양을 추구하는 경향은 우리에게 진정한 행복에 대한 회의마저 품게 합니다. 필요한 것은 무엇이든 그때그때 해결할 수 있다는 의식이 자발적으로 노력해야겠다는 의지를 미리부터 꺾는 것은 아닐까요?

저는 종종 사람들에게 "당신은 변화를 두려워하는 것 같군요. 그렇게 자신이 없습니까?"라고 묻습니다. 사실 변화는 두려움을 동반합니다. 그래서 사람들이 저항하는 것은 당연한 일인지도 모릅니다. 우리는 종종 "마음을 편안히 가져라."라든가, "사소한 일로 노심초사하지 마라."라든가, "순리를 따라가라."는 말을 듣습니다. 불안을 비정상적인 것이며 피해야 하는 감정으로 인식하는 것이죠. 실제로 거대한 의학산업은 불안을 참을 필요가 없다는 생각을 사람들에게 심으려고 안간힘을 써왔습니다. 약이 불안과 고통을 해결할 수 있다고 유혹하며 인간적인 고민을 '의료의 대상'으로 만들어버린 것이죠.

얼마 전, 여러 정신과 의사들과 상담을 하고 다량의 약을 복용하고 있는 한 환자가 저를 찾아왔습니다. 그는 불안감, 우울증, 주의력 결핍, 불면증, 수면 중 호흡정지, 기면발작 등의 증세를 줄줄이 늘어놓았습니다. 그는 항우울제와 항불안제를 늘 복용하고 있으며, 잠을 자기 위해서 수면제를, 주의력 결핍이 심할 때는 메탐페타민을 먹고 있다고 했습니다. 또한 코골이를 고치기 위해 연구개 수술을 받았고, 잠을 자다가 호흡이 멈출까 봐 매일 밤 양압 호흡기를 끼우고 잠자리에 든다고 했습니다. 그런데 역시 제 예상대로 그는 심리 상담에 그다지 열의가 없었습니다. 왜냐하면 충분한 의학치료를 받고 있었으니까요.

이 충분한 의학치료는 그로 하여금 삶의 일부로서 다가오는 불가피한 감정변화에 스스로 책임지고 대처하는 능력을 상실하게 만들었습니다. 조현병, 조울증, 심각한 우울증 같은 정신질환을 앓는 사람들에게 약물이 큰 도움이 된다는 사실을 부정하려는 것이 아닙니다. 하지만 의사가 처방하는 약에만 의존하고 스스로는 아무것도 하지 않는다면 그것은 결코 바람직한 '치료'라고 할 수 없습니다. 최소한 정신과 치료에 있어서는 그렇습니다. 지나친 의학의 발전이 사람을 수동적인 치료에 의존하게 만듦으로써 오히려 상황을 악화시켰다고 볼 수도 있습니다.

어떤 사람의 조언이나 가르침, 첨단기계나 의학적 치료 같은 외부의 힘에 의존해서 문제를 해결하려는 수동적인 태도는 정답이 아닙니다. 어떻게 해야 자신이 원하는 모습에 다가설 수 있을지를 열심히 고민하고, 그에 따라 작은 것이라도 하나씩 실천해나가려는 용기와 의지를 가지십시오. 당신의 꿈이 어떤 것이든 간에, 그 꿈은 당신이 스스로 내딛는 발걸음만큼 가까워질 것입니다.

대부분의 사람들은
'지금도 힘든데 여기서 더 나빠지면 어쩌지?'
하며 불안해하고는 한다.
그러나 자신이 변화지 않고는 어떤 상황도 바꿀 수 없다.
긴장되더라도 조금씩 변화된 모습으로 현재를 바꿔라.
만약 당신이 계속 변화를 두려워하고 탄식만 하고 있다면
미래의 당신 또한 당신이 그토록 싫어하는
지금의 모습 그대로일 것이다.

나에 대해 가장 무지한 것은
바로 나 자신이다

우리는 자기 자신에 대해 스스로가 가장 잘 알고 있다고 믿는 경향이 있으며,
때로는 자신만이 옳다고 믿는 경우도 있다. 하지만 그것은 착각이다.
우리는 언제나 틀릴 수 있고 잘못 행동할 수도 있다는 것, 그것이 진실이다.

사람들은 자신이 확고하게 믿는 어떤 것에 대해서는 그렇지 않다는 명백한 증거를 눈앞에 두고도 그 믿음을 바꾸지 않는 경향이 있지만, 의사로서 사람들을 만나다 보면 사실 그 정도는 그리 심하지 않은 편입니다. 사람들은 자신의 나이가 얼마 정도로 느껴지냐고 물어보면 실제 나이에서 열 살 정도는 줄여서 말하고는 하지만, 그렇다고 해서 그 사람들이 자기 나이를 잘못 알고 있는 것은 아닙니다. 만약 실제 나이를 속여서 말한다고 해도 스스로는 거짓말을 하고 있다는 것을 알고 있습니다.

사실 자신이 지극히 매력적이라거나, 완벽한 몸매를 가졌다거나, 머리가 비상하다거나, 위대한 인물이 될 수 있다고 생각하는 사람은 많지 않습니다. 오히려 사람들 대부분은 자신의 장점을 저평가하는 경향이 있습니다. 하지만 다음 세 가지 질문에 대한 사람들의 답변을 들어보면 얘기가 달라집니다.

- 당신은 자신에 대해 잘 알고 있는가?
- 당신은 뛰어난 유머감각을 지녔는가?
- 당신은 훌륭한 운전자인가?

우선 첫 번째 질문에 대해 이야기하면, 스스로를 잘 들여다보지 않으면서도 자신에 대해 잘 안다고 생각하는 사람들이 의외로 많습니다. 그리고 더 심각한 문제는 그런 착각을 일깨워주기도 쉽지 않다는 것입니다. 이런 부류의 사람들은 내게 와서 이런저런 고민을 털어놓으면서도 결코 "아무래도 제 성격에 문제가 있는 것 같습니다. 그런데도 사실 저는 제 안을 제대로 들여다본 적이 없습니다. 저는 아무 생각 없이 되는 대로 살고 있었던 것 같습니다."라고 말하지 않습니다. 물론 경우에 따라서는 이런 사람들을 지속적으로 설득해 무의식적인 동기 같은 것들에 대해 생각해보도록 할 수 있습니다. 하지만 이런 과정을 거쳐 끝내 자신을 돌아보지 않는 사람들이 있습니다.

이제 두 번째 질문에 대해 생각해봅시다. 웃는 능력(특히 자기 자신을 보고 웃는 능력)은 인생의 많은 비극을 견뎌낼 수 있게 하는 중요한 '방어기제'이며 효과적인 해독제입니다. 한때 저는 상담을 받으러 온 사람이 스스로 뛰어난 유머감각을 갖고 있다고 말하면 농담을 해보라고 요구하기도 했습니다. 하지만 실제로 그런 요구는 어디서 주워들은 농담을 되살리게 하는 기억력 테스트밖에 되지 않는 경우가 많았습니다. 그래서 요즘은 잘 알려진 유명한 농담을 던져주고 이와 비슷한 것을 새로 만들어보라고 합니다. 이를테면 다음과 같은 것입니다.

한 남자가 주치의로부터 전화를 받았다. 의사가 말했다.
"좋은 소식과 나쁜 소식이 있어요."
남자가 말했다.
"흠, 그럼 좋은 소식부터 말해주세요."
"좋은 소식은, 당신이 24시간 동안 살 수 있다는 거예요."
남자가 대답했다.
"말도 안 돼! 그게 좋은 소식이면 대체 나쁜 소식은 뭐죠?"
"나쁜 소식은, 제가 어제 당신한테 전화하는 걸 깜빡했다는 거예요!"

재미있나요? 아마 재미없는 사람도 있을 것입니다. 어쨌든 비슷한 유머를 만드는 데에 실패했다면 당신의 유머감각은 그렇게 뛰어나다고는 할 수 없습니다. 그러나 많은 사람들이 이 과제에 실패한 뒤에도 자신의 유머감각이 뛰어나다는 생각을 쉽게 떨쳐버리지 못합니다.

세 번째 질문인 운전에 대해서는 더 말할 것이 없습니다. 많은 사람들이 속도위반, 충돌사고, 음주운전 등의 전력을 갖고 있으면서도 하나같이 자신은 운전을 잘하는데 단지 운이 나빠서 걸렸다거나, 자동차 안전 법규가 지나치다고만 생각합니다. 하지만 고속도로를 달릴 때 위험하게 끼어들기를 하면서 스스로를 훌륭한 운전자로 생각하고 있는 남자를 본다거나, 립스틱을 바르며 운전하는 누군가를 본다면 정말 섬뜩한 일이 아닌가요?

앞의 세 가지 질문에 대한 답변은 우리의 마음속에 자신에 대한 잘못된 믿음이 있음을 분명하게 알려줍니다. 우리는 자기 자신에 대해 잘 안다고 생각하지만, 사실은 그저 그렇게 믿고 싶은 것뿐인지도 모릅니다. 자신이 믿고 싶은 대로 믿어버리고 절대 수정하지 않으려는 편협함은 곧 자기 맹신으로 이어지고 맙니다. 자기 맹신에 빠진 사람은 어떤 사람의 말도 들으려 하지 않고, 오히려 자신과 다른 의견을 가진 상대방을 비난하고 나섭니다. 이는 결국 모든 것을 자기

중심적으로 바라보기 때문에 일어나는 현상입니다. 이런 태도는 가까운 사람들을 피곤하게 만들고 결국 떠나게 만듭니다. 자기 맹신이 쌓아올린 좁은 세상에서 외롭게 살아가게 되는 것이지요.

우리는 누구나 곧잘 자기 맹신에 빠지고는 합니다. 조금만 균형감각을 잃어도 기다렸다는 듯이 달려드는 것이 곧 자기 맹신입니다. 따라서 좀 더 가치 있는 삶을 살고자 한다면 우리는 마음속을 수시로 들여다보며 비뚤어지고 편협한 자기 맹신이 자리 잡지 못하도록 경계해야 합니다. 물론 이는 스스로 언제든 틀릴 수 있다는 융통성과 넉넉한 여유를 가짐으로써 가능할 것입니다.

사람들은 자기 자신에 대해서는
스스로 잘 알고 있다고 믿는 경향이 있다.
놀라운 점은 정작 자기 자신에 대해 잘 살피지도 않고
이런 생각을 품는다는 것이다.
맹목적인 자기 맹신은
타인과 자신을 격리시키고 외롭게 만드는 지름길이다.
자신의 마음을 지긋이 응시하라.
그리고 거기서 무엇이 떠오르는지 보라.

모든 변화는 현재를
인정하는 데서 시작된다

사람들은 실제 자신의 모습을 잘 인정하지 않는다.
자신의 비루한 꼴을 받아들이기가 두렵기 때문이다.

많은 사람들이 자신의 외모에 불만을
갖고 있습니다. 거울을 보면 늘 못마땅한 표정이 되지요. "저
사람이 누구지?" "내가 언제 이렇게 늙어버렸지?" "저 주름
살들은 언제 생긴 거지?" "어머니 말고 누가 저런 얼굴을 사
랑할 수 있겠어!"

그러나 이 세상에 완벽한 외모를 가진 사람은 그리 많지
않습니다. 그럼에도 사람들은 그 사실을 인정하고 싶어 하
지 않는 것 같습니다. 그래서 자신의 결함을 감추거나 고치
기 위해 많은 돈을 지불하기도 합니다.

저는 이런 사람들의 행동만 뭐라고 지적할 일은 아니라고
말하고 싶습니다. 사람들 대부분이 상대를 볼 때 겉으로 드
러나는 면만 가지고 판단하는 경향이 있기 때문입니다. 인
터넷 데이트 사이트에만 들어가봐도 금방 알 수 있습니다.
물론 사람들은 취미와 재능에 대해서도 관심을 갖지만 결국

가장 관심을 보이는 것은 상대의 나이와 사진입니다(물론 성별에 따라 차이가 있어, 여성들은 외모보다는 직업에 좀 더 관심을 갖는 경향이 있다고 합니다). 사람들이 타인을 평가할 때 내면보다 겉모습을 먼저 보는데 우리가 외모를 가꾸는 데에 많은 투자를 한다고 해서 어찌 뭐라 할 수가 있을까요? 그러나 역시 있는 그대로의 자신을 인정하는 것이 어렵다는 점은 안타까운 일입니다.

더 나아가자면 우리는 자기 자신의 모습을 정확하게 알지 못하는 경우도 많습니다. 특히 성격이나 인격적 측면 같은 내면의 모습을요. 내가 알고 있는 나의 모습과 진짜 나의 모습은 늘 괴리가 있습니다. 예를 들어 어떤 사람들은 자신이 정직하고, 의리가 있고, 인정이 많다고 생각합니다. 하지만 그런 장점을 두루 가진 사람들은 그리 많지 않지요. 정말 괜찮은 사람이라면 어떤 상황에서도 변함이 없어야 하는데, 자신이 위기에 처하면 스스로 그렇게 부르짖던 정직, 의리, 인정과는 멀어지고는 합니다. 그들은 그저 그렇게 믿고 싶을 뿐이지 실제로는 그렇지 못한 것입니다.

수 년 전 볼티모어 이너하버에서 갑작스러운 돌풍으로 인해 스무 명가량이 타고 있던 모터보트가 뒤집힌 사건이 있었습니다. 이 사건은 인간의 이중적인 모습을 잘 보여줍니다.

당시는 이른 봄이어서 물이 아주 차가웠는데, 구조선이 현장에 도착했을 때 승객들은 뒤집힌 배 위에 올라선 채 아래쪽에 사람이 갇혀 있다고 소리쳤습니다. 그러나 그들 중 누구도 배 아래에 갇힌 사람들을 구하려고 나서지는 않았습니다. 결국 구조대원들이 배를 들어 올린 뒤에야 세 사람이 헤엄쳐 나올 수 있었습니다. 그중 한 명은 어린아이였습니다.

사실 이런 상황이 닥치면 자신이 어떻게 행동할지 쉽게 단언할 수 없습니다. 물론 자신만큼은 용감하게 행동할 것이라고 생각하는 사람도 있을 수 있습니다. 특히 아이들의 생명이 걸려 있다면 말입니다. 하지만 위험 앞에서 움츠러드는 다른 사람들의 예를 보면, 과연 내가 그러한 상황에 처했을 경우 어떻게 행동할지 의구심이 들기도 합니다. 이런 생각을 하는 것은 자기 자신을 과소평가하거나 사람들을 못 믿어서가 아닙니다. 생명의 위험과 직접 관련이 없는 일반적인 상황에서조차 자신의 이익과 반대되는 행동을 하는 사람은 찾아보기 어렵기 때문입니다.

몇 년 전 저는 한 부인으로부터 자녀양육권 재판에서 증언을 해달라는 부탁을 받은 적이 있었습니다. 저는 상담을 통해 그 부인이 혼외 동성애 관계를 맺고 있다는 사실을 알고 있었지요. 그녀의 남편은 양육권을 얻기 위해 그 사실을 이용하려고 했고, 제 예상대로 법정에서 남편 측 변호사는 그 사실을 증언하라고 저를 압박했습니다. 하지만 저는 의사로서 제 환자였던 부인이나 그 자녀들에게 피해를 주는 말을 해서는 안 된다는 의무감을 느꼈습니다. 게다가 그녀의 혼외관계가 육아에 지장을 주었다는 생각이 들지도 않았습니다. 그래서 저는 묵비권을 행사해 답변을 거부하기로 했습니다.

그러자 판사는 메릴랜드주의 법은 자녀양육권 문제에 관해 묵비권을 행사할 수 없게 되어 있다면서 저에게 답변을 '강요'했습니다. 저는 판사가 법정모독죄를 적용해 저를 감옥에 보낼 수도 있음을 알았습니다.

판사는 제가 처해 있는 윤리적인 곤경에는 관심이 없었습니다. 그동안 이기적으로 행동하는 사람들만 보아온 터라 누군가 다르게 행동할 수도 있다는 사실을 아예 생각조차 해보지 않은 것이겠지요. 어찌 보면 저는 그에게 재판의 원활한 진행에 방해가 되는 성가신 존재였을지도 모릅니다. 게다가 그는 제가 감옥에 가는 한이 있더라도 환자를 위해 판사의 권위에 도전할 수 있다는 것은 상상도 못 하는 것 같았습니다.

그러나 저는 결국 증언을 하고 말았습니다. 제가 곤경에 빠진 것을 본 부인이 묵비권을 포기하고 증언을 하도록 허락했기 때문입니다. 저는 판사가 그토록 강경하게 저를 몰아붙이는 것을 보며, 사람들의 이기심에 대해 그가 가진 관념이 얼마나 견고한지를 충분히 느낄 수 있었습니다.

'지옥으로 가는 길은 선의로 포장되어 있다.'는 격언이 있습니다. 이는 주관적으로 좋은 의도를 가지고 행한 일이 결과적으로는 악행이 될 수 있다는 뜻입니다. 어떤 사람을 해치고 나서 악의가 없었다거나 그렇게 될 줄 몰랐다고 하는 것은 변명이 되지 않습니다. 트럭에 치인 사람에게 운전자의 고의성은 의미가 없습니다.

물론 최선을 다했다고 주장하는 사람도 있습니다. 하지만 상대방이 인정하지 않으면 아무 소용이 없습니다. 이처럼 우리의 행동이 어떤 결과를 가져올지 미처 몰랐다고 항의할 수는 없습니다. 자신의 행동에서 비롯된 모든 결과에 대한 책임은 스스로 져야 합니다.

그렇기 때문에 우리는 무엇보다 자기 자신에 대해 정확하게 알아야 합니다. 우리는 모두 완벽하지 않습니다. 언제든 실수할 수 있고, 잘못된 길로 들어설 수 있으며, 이기적으로 행동할 수 있습니다. 이를 받아들인 뒤 스스로 실수를 줄이고 잘못된 길로 빠져들지 않으면서 이타적으로 행동하기 위해 노력해야 합니다. 그런데 우리가 스스로를 객관적으로 바라보기란 쉽지 않습니다. 왜일까요? 이에 대한 답을 하기 전에 한 가지 예를 살펴보는 것이 좋겠습니다.

제게 상담을 받으러 오는 사람들 대다수는 자신의 부모를 그다지 존경하지 않는다고 말합니다. 그들은 어린 시절부터 부모의 위선적인 행동 때문에 상처를 많이 받았다고 말합니다. 특히 자신의 자녀들과 관계가 원만하지 않은 사람들은 종종 자신이 부모의 알코올 중독, 언어폭력, 신체적·성적 학대, 방임, 이기주의로 인해 상처를 받았다는 이야기를 하고는 합니다. 그들은 부모에 대한 거부감으로 인해 자기 자신의 잘못을 제대로 보지 못합니다. 자신이 부모가 밟았던 전철을 그대로 되밟고 있다는 사실을 미처 깨닫지 못하는 것입니다. 자신의 상처가 아이에게 그대로 대물림되고 있는 것이지요.

그렇습니다. 우리가 자신을 객관적으로 바라보기 어려운 이유는 늘 모든 일의 원인을 나 자신이 아닌 다른 사람에게서 찾으려 하기 때문입니다.

물론 있는 그대로의 자신을 인정하고 받아들이는 것은 누구에게나 쉽지 않습니다. 하지만 그럼에도 불구하고 우리는 노력해야 합니다. 자신의 부족함을 인정하고 받아들이는 것, 자신의 행동이 빚어낸 결과에 대해 회피하지 않는 것, 지금 현재의 모습에서 출발해 더 나은 모습을 향해 노력하는 것이야말로 우리가 주어진 삶을 최대한 품위 있게 살아내는 첫걸음이 아닌가 싶습니다.

우리가 생각하는 우리 자신의 모습은
어느 정도 포장되어 있을 가능성이 많다.
스스로의 부족함을 인정하기 어려워하는 본성이
우리의 진짜 모습을 보지 못하게 하기 때문이다.
하지만 자신의 모습을 정확히 알지 못하면
자신의 행동에 책임을 질 수가 없다.
얼굴을 비추는 거울보다 마음을 비추는 거울을 자주 들여다보아야 한다.
나의 현재를 인정하고 지금 이 순간을 디딤돌로 삼아야 한다.

여덟 번째 지혜

완성된 그림을 보지 않고
퍼즐 조각을 맞출 수 있는 사람은 없다

퍼즐 게임의 천재라 해도 전체 그림을 보지 않고는 퍼즐 조각을 맞출 수 없다.
마찬가지로 자기 삶의 진정한 목적과 의미에 대한 성찰이 없다면
현실의 작고 세세한 고민들에 대한 해답도 얻을 수 없다.

사람들은 이런저런 고민을 갖고 상담을 하러 옵니다. 이때 상담 과정은 대개 소크라테스식 문답법으로 진행됩니다. 적절한 질문을 던져 상담자들이 스스로의 삶을 돌아보고 보다 나은 방향으로 변화할 수 있도록 도움을 주는 것이 심리치료사가 하는 일이기 때문입니다.

하지만 상담자들 대부분은 치료사가 특별한 조언을 해줘야 한다고 생각하는 경향이 있습니다. 상담자들의 이러한 생각은 텔레비전에 출연해 인생 강의를 하는 사람들이나 자기계발서를 쓰는 사람들이 만들어냈을 가능성이 큽니다. 실제로 이들은 사람들이 어떻게 인생을 살아야 하고, 자녀를 키워야 하고, 인간관계를 만들어야 하는지에 대해 정답을 알려줄 수 있는 특별한 경험과 지혜를 갖고 있는 것처럼 행동합니다.

이들에게 익숙해진 상담자들은 상담을 할 때 자기 이야기를 먼저 한 후 "사정이 이러이러한데 어떻게 해야 하나요?" 라고 물어봅니다. 때로는 더 구체적인 질문을 하기도 합니다. 이를테면, "제가 이혼을 해야 한다고 생각하세요?" 같은 질문 말입니다. 그러나 그들은 이 질문을 스스로에게 던질 줄은 모릅니다. 그리고 어째서인지 제가 정답을 알고 있으면서 가르쳐주지 않는다고 생각합니다. 그러나 솔직히 말하면 저도 정답을 모릅니다.

텔레비전에 나오는 치료사들의 조언은 대개 그럴듯하게 들립니다. 그들은 자기 앞에 앉은 사람을 방금 만났음에도 그 사람에 대해 잘 알고 있는 것처럼 행동합니다. 또 상담자 혼자서는 더 나은 해결책을 생각해낼 수 없다는 것을 전제로, 자신이 상담자를 대신해서 무엇이 최선인지 결정할 수 있다고 생각합니다. 하지만 실제 상담은 시간이 오래 걸립니다. 텔레비전에서처럼 즉각적으로 조언을 해줄 수도 없습니다. 그럼에도 텔레비전에서 심리치료사가 하는 말이 그럴듯하게 들리면 청중들은 갈채를 보냅니다. 상담자 역시 수긍하며 고개를 끄덕이고, 고민하던 문제는 몇 분 만에 결론이 납니다. 그러나 그 뒤 상담자의 문제가 어떤 식으로 해결됐는지는 아무도 모릅니다.

제 경험에 비춰볼 때 상담자들이 하는 질문은 크게 세 부류로 나뉩니다. 우선 일상적인 문제에 관련된 사소한 질문들이 있습니다. "오늘 저녁 메뉴는 뭘로 할까요?"라든가, "운동화를 살까요, 구두를 살까요?" 같은 것과 본질적으로 다를 바 없는, 사소한 질문들입니다. 또 주로 삶과 직접적으로 연관된 질문들이 있습니다. "어떤 일이 제 적성에 맞을까요?"라든가, "노후는 어떻게 준비할까요?"와 같은 질문이 그 예입니다. 마지막 질문은 좀 더 광범위하고 철학적인 것들입니다. "어떻게 하면 인생의 의미를 찾을 수 있을까요?"라든가, "왜 착한 사람들에게 나쁜 일들이 일어나는 걸까요?" 같은 질문들이 이 부류의 예가 될 수 있겠지요.

상담에서 다루어지는 질문들은 대부분 두 번째 부류의 것이고, 일반적으로 그들이 겪는 증상에 초점이 맞춰진 경우가 많습니다. 예를 들어, "저는 왜 항상 우울할까요?"라든가, "왜 배우자에게 화가 나거나 싫증을 느낄까요?"라든가, "왜 아이들이 제 속을 썩일까요?" 같은 질문입니다. 이 질문들의 답을 찾다 보면 자연스럽게 삶의 의미에 대해 이야기하게 됩니다. 하지만 삶의 의미에 대한 고찰은 종교의 영역에 속하며, 현실적인 문제에 직접적인 해답을 주지 않습니다. 각자의 고민에 딱 맞아떨어지는 정답은 없다는 얘기죠. 그렇기에 대부분의 상담은 즉각적인 결론보다는 문제를 인식하는 방법을 알려주거나 인식의 초점을 바꾸는 데에 중점을 두게 됩니다.

사실 우리는 수많은 고민을 안고 살아가지만 그것들에 대한 해답을 얻기란 쉽지 않습니다. 그 이유는 완성된 퍼즐의 전체 그림을 미리 보지 못한 상태에서 퍼즐 조각을 맞추기가 어려운 것과 비슷합니다. 말하자면, 삶의 세세한 문제들은 좀 더 근원적인 문제, 즉 삶의 의미와 복잡하게 얽혀 있기 때문에 이에 대한 진지한 성찰이 없다면 어떠한 해답도 구할 수가 없는 것입니다. 예를 들어, 어떤 사람이 시간의 소중함을 잘 모른다고 합시다. 이 사람에게는 어떤 조언이 필요할까요? 저는 이 사람에게 죽음에 대해 다시 한번 인식해보는 기회를 가질 것을 권하고 싶습니다. 우리는 죽음을 인식하면 시간을 소중히 여기게 됩니다. 영원히 사는 것은 동화에서나 가능한 일이며 현실에서는 시간이 얼마 없으므로, 제한된 시간을 의미 있게 사용해야 한다는 사실을 깨닫게 되는 것입니다.

우리가 원하는 것이 반드시 우리를 행복하게 해주지는 않습니다. 사람들은 부를 원하지만 많이 가진 사람이 적게 가진 사람보다 항상 행복하지는 않죠. 다만 우리는 원하는 것을 얻으면 무조건 행복해질 수 있으리라는 환상을 가지고 있을 뿐입니다. 우리가 가진 환상 중 제일 지독한 것은 아마도 완벽한 사랑에 대한 환상일 것입니다. 사람들에게 완벽한 사랑에 대한 환상을 심어주는 데는 할리우드가 한몫했습니다. 많은 사람들이 영원히 자신을 사랑하고 바람막이가 되어줄 사람을 찾았다고 생각했다가 결국 실망하고 돌아서고는 합니다. 그런데 문제는, 그런 사랑을 주고받기 위해서 자신이 어떤 사람이 되어야 하는지는 묻지 않는다는 것입니다. 그저 상대방에게 책임을 다 떠넘기죠. 영원한 사랑은 부모가 자식에게 주는 사랑밖에는 없지 않을까요? 지금의 상대가 자신을 끔찍하게 사랑해준다 해도 상대의 노력만으로는 사랑을 끝까지 유지할 수 없을 것입니다.

제가 말하려는 바는 작은 질문에 초점을 맞추고 큰 질문을 무시하는 태도는 절대 행복을 위한 현명한 처방이 아니라는 것입니다. 이는 마치 그림을 감상하거나 그릴 때 오로지 일부에만 초점을 맞추는 것과 같습니다. 그림의 배경과 구조가 되는 것은 정신적인 것입니다.

우리는 종교의 교리를 따르거나 같은 믿음을 가진 사람과 어울릴 수도 있습니다. 또한 삶의 의미를 찾아 자신의 가치관과 일치하는 삶을 살 수도 있습니다. 다만 천국에 가서 보상을 받는 것과는 상관없이, 적어도 이 세상에서 우리가 매

일 항해해야 하는 미로를 통과할 수 있도록 인도해주는 뭔가
가 필요합니다. 너무 둔감하게, 혹은 필요 이상으로 겁을 먹
고 정신없이 살지만 않는다면, 우리는 이 세상에서 길을 잃
지 않도록 하는 중요한 질문을 스스로에게 할 수 있습니다.

이 세상에 고민 없는 사람은 없다.
모두들 크고 작은 걱정거리를 안고 살아간다.
그런데 어떤 사람은 매번 똑같은 문제로 고민한다.
그 문제에 대해서 제대로 고민하지 않기 때문이다.
완성된 그림이 어떻게 생겼는지도 모르고
무작정 퍼즐을 맞추려는 사람과 같다.
우리는 즉각적인 해결책을 찾기보다는
좀 더 근본적인 원인에 대해 고민해야 한다.
또한 어떤 문제든 그것을 해결할 사람은
바로 나 자신이라는 점을 분명히 알아야 한다.
내 삶의 문제에 대한 처방전은 바로 나 자신만이 쓸 수 있다.

아홉 번째 지혜

행복은 불확실성을
긍정할 수 있는 능력을 필요로 한다

인생을 꿰뚫는 절대적인 법칙은 없다.
인생은 여러 측면에서 불확실하고, 그 사실을 긍정할 때 행복은 온다.

우리는 세상이 좀 더 단순해지기를 바라는지도 모르겠습니다. 실제로 우리가 느끼는 불편한 감정들(두려움, 불안, 좌절, 편견)은 대부분 우리를 둘러싸고 있는 복잡한 세상에 대한 반응입니다. 그래서 많은 사람들이 이처럼 무질서하고 혼란스러운 세상에 대처하는 방법으로 모든 상황에서 양자택일을 하는 절대주의적 세계관을 택하는 것인지도 모르겠습니다. 선과 악, 옳음과 그름, 참과 거짓, 우리와 그들의 투쟁 같은 식으로 세상을 개념화하는 방법 말입니다.

저는 웨스트포인트에서 명예에 대하여 배운 것을 기억하고 있습니다. "명예는 임신과 같다. 기면 기고 아니면 아니다."라는 것이었습니다. 사관생은 절대 거짓말을 하거나 속이거나 훔쳐서는 안 되며, 다른 사람들의 그런 행동을 눈감아줘서도 안 됩니다. 이것보다 더 단순하고 확실할 수는 없습니다. 그리고 규칙을 어기면 퇴학을 당합니다. 만일 한 번이라도 불명예스러운 행동을 하게 되면 명예로운 사람들 사이에서 생활할 수 있는 자격을 상실하게 되는 것입니다. 문제는 이것이 현실에서는 불가능한 기준이라는 것입니다. 예를 들어, 아내가 "이 옷을 입으면 뚱뚱해 보여요?"라고 물었을 때, 남편이 "그래, 뚱뚱해 보여."라고 답하는 것은 솔직한 태도겠지만 결혼생활에는 도움이 되지 않겠지요.

1960년대 초반 제가 포트브래그 기지에 있을 때, 케네디 대통령이 그곳을 방문한 적이 있었습니다. 그런데 누군가 82공수사단의 전 병력이 부대마다 각기 다른 전투 상황에서 입는 복장을 갖추고 비행장에 모이자는 아이디어를 생각해 냈습니다. 그래서 어떤 부대는 정글복을, 또 어떤 부대는 사막복을, 그리고 제가 속한 부대는 흰 스키복을 입었습니다. 캐롤라이나의 뜨거운 태양 아래 눈 구경도 하지 못한 군인들이 마치 북극지방에서 싸우는 것처럼 포즈를 취했습니다. 당시에 저는 그런 식으로 대통령을 속이는 것이, 아침에 군화를 닦았다고 거짓말을 한 대가로 웨스트포인트에서 퇴학 당하는 것보다 더 무거운 죄라고 생각했던 기억이 납니다.

사실 변하지 않는 도덕적 진실과 절대적인 행동규약은 지키기 어렵습니다. 그 요구를 충족시키지 못할 때 우리는 죄를 짓고 명예를 실추시킵니다. 그래서 생겨난 것이 사람들의 위선이 아닐까 생각해봅니다. 알고 봤더니 성직자가 이상성욕자라거나, 도덕적인 책을 쓴 작가가 상습적인 도박꾼이었다거나, 도덕가인 척하는 방송인이 마약을 했다거나 하는 사실이 드러났을 때, 우리는 남을 판단하는 자리에 앉아 있고 싶은 욕망과 인간적인 나약함이 충돌하는 꼴불견을 보게 됩니다. 물론 대중들의 포용력(어리석음) 덕분에 이런 사람들이 자신들의 위선과 속임수를 감춘 채 계속해서 우리에게 사는 법에 대해 가르치고 있기는 합니다.

심리치료 과정에서는 고도의 불확실성을 견디려는 의지가 요구됩니다. 사람들이 심리치료사에게 제시하는 문제들은 하나같이 이해하기도 어렵고 해결하기도 어렵기 때문입니다. 만일 쉬운 문제라면 혼자서 해결했겠지요. 이런 이유로 훌륭한 심리치료사는 구체적인 조언을 아껴둡니다. 이는 심리치료사가 겸손해서가 아니라 사람들이 자신이 처한 곤경에 대한 최고의 해결책을 스스로 갖고 있다는 점을 알고 있기 때문입니다. 그래서 약간의 도움을 주고 열심히 귀를 기울여줌으로써 그들 스스로 문제를 해결할 수 있다는 자신감을 불어넣어주는 것입니다.

불확실성을 견디는 인내와 더불어 종종 우리를 시험에 들게 하는 또 다른 능력은 이른바 삶에 대한 탄력적인 태도입니다. 우리는 살아가면서(특히 늙어갈수록) 많은 상실을 경험합니다. 그런데 정돈되고 예측 가능한 삶을 뒤흔드는 이러한 공격에 대처하는 방식은 자기 자신의 기분에 커다란 영향을 받습니다. 다시 말해, 어떤 상황에 대처하는 반응은 마음먹기에 따라 달라질 수 있다는 것입니다. 실제로 똑같이 생명을 위협받는 상황을 경험한 사람이라도 그에 대해 보이는 반응은 서로 다릅니다. 단적인 예로 전쟁을 겪은 사람들이라고 해서 모두 '외상 후 스트레스 장애'에 시달리지는 않는 것처럼 말입니다.

언젠가 자동차에 타고 있다가 경찰서에 잡혀 간 젊은이를 상담한 적이 있습니다. 경찰은 그 청년이 자신에게 무례한 행동을 했다고 주장했습니다. 반면 그 청년은 경찰에게 가운뎃손가락을 들어 보이는 것이 불법은 아니라고 항변했습니다. 결국 그 청년은 풍기문란죄로 체포됐다가 몇 시간 뒤에야 풀려날 수 있었습니다. 그 청년은 즉시 그 일로 인해 외상 후 스트레스 장애(불면증, 우울증, 환각)가 생겨 고통받고 있다고 소송을 제기했습니다. 저는 그가 경험한 정신적 외상이 어느 정도는 스스로 자초한 일이며, 그가 겪고 있는 증상이 생명에 위험을 주는 정도는 아니라고 했지요. 그러자 그 청년은 다른 정신과 의사를 찾아가 증언을 부탁했습니다.

결국 배심원은 그 청년의 손을 들어주었고, 판사는 1달러의 피해보상을 하라는 판결을 내렸습니다. 제 생각에는 솔로몬 왕의 지혜에 필적하는 판결이 아닌가 싶습니다.

어떤 면에서 보면 우리가 불확실성을 감수하고 기꺼이 사랑에 빠지는 것이야말로 가장 위험한(아니면 가장 큰 보상을 받을 수 있는) 모험이 아닐까 생각해봅니다. 사람들의 애정이 얼마나 덧없는지를 보여주는 예들로 가득한 우리의 인생 경험이 이를 증명해줍니다. 그래서 청혼은 어두운 절벽에서 안전한 착지를 기대하며 발을 내딛는 행동에 비유되기도 하는 모양입니다. 이보다 더 불확실한 모험은 없겠지요. 하지만 사람들은 사랑의 승자가 될 수 있다는 가능성과 기대감을 안고 그 절벽에 줄을 섭니다. 아마 라스베이거스로 가는 비행기 안을 가득 채운 충동도 이런 것일지 모릅니다. 종종 어떤 금기도 무릅쓰는 도박 충동은 흥분에 대한 욕구와 꺾이지 않는 희망에 바탕을 두고 있기 때문입니다.

제가 좋아하는 컨트리 음악 중에 '그때 몰랐던 것을 지금 와서 알고 싶지 않아요'라는 제목의 노래가 있습니다. 인생은 종종 불쾌한 방식으로 우리를 놀라게 합니다. 결국 행복은 우리가 불확실한 세상에 어떻게 반응하느냐에 따라 결정됩니다. 사실 유일하게 확실한 것이라고는 죽음과 세금밖에 없는 이 세상에서, 매일 아침 침대에서 나온다는 것 자체가 대단한 용기인지도 모르겠습니다. 알고 보면 침대 역시 그렇게 안전한 장소는 아니지만 말입니다(그곳에서 우리는 또 얼마나 많은 돌이킬 수 없는 실수를 저지르는지!). 하지만 역설적인 예를 들면, 즉흥연설을 하는 사람들은 원고를 외우는 사람들보다 연설을 잘합니다. 다시 말해 우리가 자신의 인생 드라마를 직접 쓴다고 생각하면, 다른 사람의 지시에 의존하는 것보다 그 여행을 좀 더 즐기는 편이 낫다는 것입니다.

우리에게 단순하게 사는 방법을 가르치려고 하는 사람들은 일련의 규칙을 제시하고 우리가 그 규칙에 따르기를 바랍니다. 하지만 불행하게도 우리의 삶은 구조적으로나 철학적으로나 복잡하기 짝이 없습니다. 생물학을 공부하면서 DNA 구조나 크렙스 회로를 해독해본 사람이라면 모든 생물체의 화학작용이 얼마나 복잡한지 실감하게 됩니다.

인간행동에 대한 학문 역시 그만큼 복잡합니다. 따라서 어떤 상황에서 사람들이 어떤 행동을 할지 예측하는 일은 어렵습니다. 인간의 행동과 도덕체계 역시 마찬가지로 다양하고 복잡합니다. 좋거나 싫거나 우리가 지침으로 삼을 수밖에 없는 지도가 그러한 것입니다. 그런데 모든 사람들이 평화롭고 만족하며 살 수 있도록 하는 하나의 확실한 지도를 만들 수 있을까요? 어림도 없는 일입니다.

그렇다면 우리가 살아가는 법에 대한 다양한 믿음과 의견
들을 어떻게 화해시킬 수 있을까요? 이 질문에 대한 답이 무
엇이든, 우리는 각자 최선의 행복을 추구하고 동시에 다른
사람들의 행동을 인정할 줄 알아야 합니다. 이것이 우리가
지녀야 할 핵심가치입니다.

이 세상에 영원하고 확실한 것은 없다.
그런데 우리는 불안한 마음에 사로잡혀
절대적이고 확실한 것을 찾으려다 짧은 인생을 허비한다.
우리가 사는 세상은 생각보다 넓고 복잡하고
일개 한 인간이 예측할 수 있을 만큼 간단하지 않다.
변하는 것들에 민감하게 반응하지 말고
변하면 변하는 대로 의미를 부여하며 현재를 살아라.
그 사실을 받아들일 때 인생의 평안은 온다.

열 번째 지혜

화를 잘 내는 것은
건강한 것이 아니라 비겁한 것이다

분노와 원망의 표출은 자신의 책임을 다른 사람에게 떠넘기는 것과 같다.
자신의 슬픔, 고통, 두려움을 상대의 탓으로 돌려버림으로써
스스로의 진짜 문제는 덮어버리고 마는 것이다.

대중심리학은 분노를 밖으로 드러내고 표현할 것을 권장합니다. 또 감정을 억누르면 안 된다고 말합니다. 화를 참는 것은 문제 해결에 도움이 되지 않으며 건강에도 해롭다는 것입니다. "불만이 있습니까? 그러면 털어놓으세요. 화나게 만드는 사람이 있습니까? 그러면 화를 내세요." 이때 상대의 기분이 상했다면 그것은 그의 문제라고 말합니다.

하지만 제 생각은 다릅니다. 부부 문제를 상담하러 오는 사람들 중 어떤 이들은 분노의 폭발이 어떤 식으로든 국면을 전환시키고 화해의 길을 열어준다고 생각합니다. 하지만 분노는 분노를 낳을 뿐입니다. 누구든 공격을 당하면 이성적으로 대응하기 어렵기 때문입니다.

어떤 사람은 누군가와 함께 살면 잔소리가 나오는 것이 당연하다고 생각합니다. 남편이 먹은 그릇을 아무 데나 놓아

둘 때, 아내가 자동차 오일을 바꾸지 않을 때, 아이들이 물건을 제자리에 두지 않을 때, 이들은 다짜고짜 화를 내면서 잘못을 지적합니다. 게다가 '당신은 항상' 또는 '너는 절대'라는 말을 사용해서 잘못을 강조하고는 합니다.

이런 사람들에게 "비난하거나 명령하지 않으면 어떨까요?"라고 말하면 그들은 마치 숨을 쉬지 말라거나 오늘부터 이를 닦지 말라는 말을 들은 것처럼 의아한 표정을 짓습니다. 그러고는 이렇게 말합니다. "도대체 무슨 소리를 하시는 거예요? 제가 잔소리를 하지 않으면 집 안 꼴은 엉망진창이 될 게 뻔해요. 설거지가 산더미처럼 쌓일 테고 집은 순식간에 쓰레기통이 될 테니까요."

그러나 잘 생각해보면 꼭 그렇지만도 않습니다. 서로가 비판을 자제하면 집안 분위기는 달라집니다. 서로의 잘못을 지적하던 적대적 관계에서 각자 질서를 유지하고 협력하는 관계로 변합니다. 힘이 없고 손해를 보고 있다고 느끼던 쪽에서 보이던 공격성도 사라집니다. 친절이 친절을 낳게 되는 것이지요.

물론 화를 참는 일은 어렵습니다. 습관 때문이죠. 상담을 하면 사람들은 자신의 대화방식에 문제가 있다는 것을 어렴풋이 깨닫고는 합니다. 하지만 반성하는 것만으로는 부족합니다. 나쁜 습관은 과감히 버려야 합니다.

사실 화를 내는 사람들을 잘 관찰해보면 상대에게 어떤 기대를 가진 경우가 많습니다. 영원히 사랑해줄 줄 알았던 상대가 관심을 보이지 않으면 야속하게 생각하다 못해 화를 내는 것입니다. 불만을 노골적으로 드러내는 적개심 뒤에는 무너져버린 기대감으로 인해 느끼는 서운함이 있습니다. 자신에게 그렇게 대할 줄은 꿈에도 생각하지 못했다는 것이겠지요.

어쩌면 우리는 분노를 부채질하는 사회에 살고 있는지도 모릅니다. 차가 밀리는 거리에서는 짜증스러운 고성이 끊이지 않습니다. 영화에서는 유혈이 낭자한 폭력의 이미지를 반복해서 보여주고, 서로를 무자비하게 때려눕히는 스포츠 경기가 인기를 끕니다. 세계 곳곳에서는 어떤 신을 숭배할 것인지를 놓고 총구를 들이대며 심각한 대립이 이어집니다.

그런데 우리가 알아야 할 것은 이러한 분노의 감정 뒤에 숨은 진짜 감정의 실체입니다. 그것은 바로 두려움과 불행입니다. 이 두 가지 감정은 나약함에서 비롯되며 견뎌내기가 쉽지 않습니다. 우리는 이러한 감정에서 벗어나고자 화를 내고 원망을 하는 것입니다. 화를 낼 상대가 있기만 하면 그 상대에게 분노를 폭발시키고 자신이 느끼는 불행에 대한 책임을 떠넘깁니다. 스스로 희생자가 되는 것입니다. 희생자가 되면 여러 가지 특권이 주어집니다. 무엇보다 자신에게 일어난 일이 자기 잘못이 아니라는 위안을 얻으며, 공개적으로 불평을 할 수 있는 '불평면허증'을 받습니다.

저는 어른이 되어서야 제가 입양아라는 사실을 알았습니다. 특권층의 백인 남성으로 살다가 갑자기 입양아라는 소외된 계층의 일원이 됐을 때 정체성의 혼란과 함께 심술궂은 만족감을 느꼈습니다. 저는 공개적으로 친부모가 누구인지 찾지 못하게 만든 법을 두고 불평하기 시작했습니다. 가족의 의료기록을 보지 못하게 하는 것은 부당하다며 길길이 날뛰었습니다. 심지어는 친부모를 찾는 성인들에게 입양기록을 공개하도록 법을 고쳐보려는 시도도 했습니다. 부질없이 말입니다. 신문에서 우리를 가리켜 '입양아'로 칭하는 것에 대해서도 분개했습니다. 저는 정말이지 마음껏 화를 냈습니다. 갑자기 다가온 상실감만큼 말입니다.

그러나 저는 곧 싸움에 지쳤고, 많은 입양인들이 하는 것처럼 제 힘으로 생모를 찾아냈습니다. 지금 생각해보면 그렇게 어려운 과정을 거쳤기 때문에 재회가 더욱 달콤할 수 있었던 것 같습니다. 어머니는 제가 자신을 힘들게 찾았다는 것을 알게 됐고, 그 기간 동안 저는 친부모로부터 버림받았다는 슬픔을 극복하는 시간을 가질 수 있었습니다.

만약 누군가에 대해 화가 난다면, 그 분노의 감정이 상실감이나 자포자기한 심정에서 오는 것이 아닌지 잘 살펴보세요. 그리고 상황을 변화시키기 위해 누구에게 요구부터 하지 말고, 스스로 할 수 있는 일은 없는지 생각해보세요. 주변 사람들을 바꿀 수 없다면 당신이 먼저 달라지세요. 그리고 그들을 놀라게 해보세요.

분노란 상처 입은 마음에서 비롯된다.
누구든 내면에 억압된 분노를 조금씩은 갖고 있다.
하지만 그 감정을 어떻게 처리하느냐에 따라 삶의 질은 달라진다.
화를 이기지 못해서 돌이킬 수 없는 죄를 짓는 사람도 있다.
그러나 그것이 죄에 대한 변명이 되겠는가?
화가 날 때는 자신의 마음을 먼저 들여다보라.
무엇이 자신을 화나게 했고 어떻게 하는 것이 그 문제를 풀 수 있는
가장 좋은 방법인지 천천히 생각해보라.
분노에 차 있는 자신을 객관적으로 보면
어느새 평화가 분노를 대신해 있다.

용서는 이타적인 것이라기보다 이기적인 것이다

용서는 단순한 타협이나 망각과는 다르다.
용서는 적극적인 의지에 따라 떠나보내고 놓아주는 것이다.
'원망할 권리'를 포기함으로써 스스로 마음의 고통에서 해방되는 것이다.

1999년 9백여 발의 총알을 난사해 학생 열두 명과 교사 한 명을 죽이고 두 명의 가해자들도 스스로 목숨을 끊은 총기 난사 사건 이후, 콜럼바인 고등학교가 내려다보이는 언덕 위에는 이들을 추모하는 열다섯 개의 십자가가 세워졌습니다. 그러던 어느 날 죽은 아이의 부모들이 가해자의 이름이 새겨진 십자가 두 개를 치워버렸습니다. 살인자들을 희생자들과 같은 장소에서 추모하는 것은 있을 수 없는 일이라 생각했던 것이죠.

한때 사람들은 부모들의 이러한 행위에 대해 설왕설래하면서 과연 어떤 태도가 올바른 것인지를 두고 고민했습니다. 그러나 장례식과 추모식이 끝나고 나자 그 사건에 대한 기억은 당시 물결을 이루던 꽃들처럼 시들어가기 시작했습니다. 두 명의 소년이 히틀러의 생일을 기념하기 위해 총기 난사를 일으켰던 이야기는 우리 곁을 스쳐간 수많은 사건들

속에 묻혔습니다. 유족들만이 영원히 치유되지 않는 상처를 안고 살아가게 된 것이지요. 하지만 어차피 잊게 될 일이라면 잊기 전에 한 번쯤 용서에 대해 생각해보는 것도 좋을 것입니다.

미국의 정의 수호는 응징과 보복을 토대로 하고 있습니다. 두 가지만 예로 들어보죠. 미국인들 74퍼센트는 사형제도를 찬성합니다. 또 세상에서 소송을 가장 많이 하는 나라도 미국입니다. 미국인들은 피해나 실수를 그냥 넘어가는 법이 없습니다. 이미 오래전부터 보복하고 벌을 주는 것이 국가적인 오락이 됐습니다.

이런 분위기에서 용서는 당연히 인기가 없습니다. 용서의 정의는 '원망할 수 있는 권리를 포기하는 것'입니다. 흔히 용서를 망각이나 타협과 혼동합니다. 하지만 용서는 떠나보내고, 놓아주는 행위입니다. 용서는 다른 사람을 위한 것이 아니라 우리 자신에게 주는 선물입니다. 콜럼바인 고등학교의 총기 난사자들은 스스로에게 사형을 집행했습니다. 그들에게 더 이상 우리가 무엇을 할 수 있겠습니까? 용서는 그들의 책임을 면제시켜주는 것이 아니라 우리가 지고 있는 원망의 짐을 내려놓는 것입니다. 이런 의미에서 용서는 이타적이기보다 이기적입니다.

사람들은 원망하는 마음을 가슴에 품고 상담을 받으러 옵니다. 그들은 자신의 원망이나 실수가 과거에 겪은 불행(어린 시절에 받은 학대, 부모의 알코올 중독, 실패한 결혼) 때문에 일어난 일이라고 설명하고는 합니다. 사람은 과거에 영향을 받습니다. 하지만 이런 식의 합리화는 자신에게 전혀 도움이 되지 않습니다. 어느 누구도 과거에 일어난 일을 되돌릴 수는 없기 때문입니다. 과거의 손아귀에서 벗어나기 위해서는 의식적인 선택이 요구되며, (역설적인 표현이지만) 힘이 아닌 용기가 필요합니다. 용기를 내서 자신을 아프게 한 사람들뿐 아니라 잘못된 선택과 실수를 하며 기회를 낭비한 우리 자신도 용서해야 합니다.

자신의 딸을 살해한 자들의 십자가를 쓰러트린 아버지를 누가 비난할 수 있겠습니까? 하지만 어떻게 보면 총기 난사 사건도 관용의 부족으로 인해 일어난 비극이었습니다. 사건을 일으킨 두 소년은 평소 구박과 따돌림을 당하면서 마음속으로 증오를 키웠다고 합니다. 그 복수심이 얼마나 지독했으면 그토록 끔찍한 사건을 일으켰을까요. 소중한 생명을 앗아간 죄에 대해서는 어떠한 변명도 있을 수 없습니다. 하지만 우리가 만일 그 사건의 본질을 이해하고자 한다면, 분노와 원망은 잠시 내려놓아야 합니다. 인간은 모두 선하거나 악하며, 선한 것은 옳은 것이고 악한 것은 나쁜 것이라는 단순한 흑백논리로는 두 소년의 행동을 이해할 수 없습니다. 우리에게는 어떤 사람이 어떤 상황에서 왜 그렇게 행동할 수밖에 없는가를 이해하려는 마음의 자세가 필요합니다.

2005년에 브라이언 니콜스라는 범죄자가 애틀랜타 법원에서 도망쳐 스물여섯 살의 미혼모 애쉴리 스미스를 인질로 잡은 사건이 있었습니다. 하지만 애쉴리 스미스는 인질범과 인간적 교감을 나눔으로써 그의 마음을 움직였고 결국에는 무사히 빠져나올 수 있었습니다. 탈출한 지 몇 시간 만에 인질범은 순순히 경찰에 투항했습니다.

사람들은 위험한 상황에서 기지를 발휘한 애쉴리 스미스에게 박수를 보냈습니다. 하지만 그녀가 살아남을 수 있었던 이유가 그녀의 용기와 기지 덕분만은 아닐 것입니다. 물론 그녀가 가족과 종교에 대해 그와 대화하면서 마음을 열게 한 것이 결정적인 계기였던 것은 사실입니다. 하지만 그럼에도 인질범은 그녀를 해칠 수도 있었을 것입니다. 그는 무서운 살인자였으니까요. 하지만 그는 그녀를 고귀한 생명과 존엄성을 지닌 인간으로 대했으며, 경찰에 신고할 것을 알면서도 그녀를 풀어주었습니다.

브라이언 니콜스는 분명 범죄자입니다. 하지만 그에게는

인간적인 면이 남아 있었고, 애쉴리 스미스는 바로 그 점을 잘 알았기에 목숨을 구할 수 있었습니다. 인간에게는 단순한 흑백논리로는 결코 이해할 수 없는 복잡한 측면이 있습니다. 따라서 어떤 경우든 한 사람을 진정으로 이해하기 위해서는 겉으로 드러난 측면 이외에 그 이면까지도 함께 볼 수 있어야 합니다. 그럴 때 우리는 비로소 용서하는 마음도 갖게 됩니다.

브라이언 니콜스는 법정에서 달아날 때 자유보다 더 중요한 뭔가를 찾고 있었던 것 같습니다. 그날 밤 그는 인질과 오랫동안 대화를 나누면서 전지전능한 신의 손이 그녀를 인질로 택하게끔 자신을 이끌었다는 것을 깨달았습니다. 그녀는 나중에 그에 대해 이렇게 이야기했습니다. "그는 내가 하늘에서 보낸 천사라고 했습니다. 그리스도 안에서 나는 그의 누이였고 그는 나의 오빠였습니다."라고요. 사실 그녀는 그에게 훌륭한 어머니에 가까웠습니다. 그녀는 그에게 귀를 기울였고, 그의 인생관을 나무랐고, 그를 용서했고, 따뜻한 음식을 만들어주었습니다.

우리는 애쉴리 스미스가 절망적인 상황에서도 인간에 대한 믿음을 잃지 않고 용기를 보여준 것에 깊은 감동을 느낍니다. 또한 폭력적인 사람이기는 했어도 친절과 팬케이크 아침 식사에 감동할 수 있는 브라이언 니콜스의 인간적인 모습에 대해서도 연민과 함께 용서하는 마음을 갖게 됩니다.

인간적인 것들에 감동하고 용서하는 마음을 갖지 못한다면 아주 작은 상처에도 괴로워하고 아파하게 될 수밖에 없습니다. 그렇다면 우리는 많은 날들을 분노와 원망과 미움 속에서 살게 될 것입니다.

진심으로 용서하는 사람은 상대를 밑에 두지 않는다.
결코 "네가 잘못했지만 용서할게."라고 말하지 않는다.
원한도 없이, 불평도 없이, 미움도 없이 용서한다.
상대를 절대 용서하지 않으리라 마음먹을 때 우리는 불편해진다.
상대에 대한 분노로 하루하루가 엉망이 될 뿐이다.
용서는 내면의 평화를 열어주는 열쇠다.
그래서 지혜로운 사람은 용서하는 데 지체하지 않는다.
용서야말로 불필요한 고통 속에서
자신을 꺼내줄 수 있다는 것을 잘 알고 있기 때문이다.

열두 번째 지혜

걱정과 두려움만으로는
안정된 삶을 지켜낼 수 없다

우리는 이 세상을 위험이 가득한 곳으로 생각하는 경향이 있으며,
그런 까닭에 좀처럼 불안과 두려움에서 벗어나지 못한다.
하지만 위험을 줄이면서 안전한 삶을 지키려는 것과
두려움에 사로잡혀 지내는 것은 엄연히 다르다.

두려움 역시 하나의 강력한 동인이 될
때가 있습니다. 하지만 우리가 가고자 하는 곳으로 데려다
주지는 않습니다. 그런데 왜 우리는 끊임없이 두려움에 사
로잡히게 되는 것일까요.

심각한 불안증세는 대개 선천적으로 타고난 장애인 경우
가 많지만 후천적으로 학습될 수도 있습니다. 특히 부모가
걱정이 많으면 아이들도 터무니없는 두려움에 시달립니다.
비행공포증, 고소공포증, 밀실공포증, 심지어는 운전하는 것
을 두려워하는 사람도 상당히 많습니다. 이러한 공포증을
한 꺼풀만 들추어보면 거기에는 이 세상을 위험한 장소로
생각하는 피해의식이 깔려 있음을 알 수 있습니다.

한번은 불안한 10대 아이를 둔 부모를 상담하면서 가족
중에 쓸데없이 걱정을 많이 하는 사람이 있느냐고 물었습니
다. 그러자 아이 어머니가 그러더군요. "그런 사람은 없습니

다. 우리는 단지 천둥이 칠 때 샤워를 하지 않는 정도로만 조심하고 있을 뿐이에요." 그래서 주위에서 샤워를 하다가 벼락을 맞았다는 이야기를 들어본 적이 있느냐고 물었더니 그녀는 이렇게 대답했습니다. "실제로 들어보지는 못했지만, 그럴 수도 있다고 생각합니다." 부모들이 있을 법하지 않은 일로 전전긍긍하게 되면 아이들도 무의식적으로 지나친 안전의식과 피해의식을 키우게 됩니다.

물론 우리는 세상에서 맞닥트릴 수 있는 여러 위험들을 아이들에게 합리적으로 알려줄 필요가 있습니다. 안전벨트를 하고, 자전거 헬멧을 쓰고, 금연을 하고, 과음하지 말고, 총 갖고 장난치지 말고, 운전할 때 과속하지 말라고 얘기해서 아이들이 스스로 자신을 지킬 수 있도록 해야겠지요. 그리고 진정으로 훌륭한 부모가 되기를 원한다면 마음의 상처를 주는 사람들을 알아보는 방법 한두 가지 정도도 아이에게 가르쳐야 할 것입니다. 사람에게서 받는 마음의 상처가 그 어떤 테러보다 더 심각하게 한 사람을 피폐하게 망가트릴 수 있음을, 우리는 이미 많은 경험을 통해 잘 알고 있으니까요.

용기의 정의는 '두려움을 극복하는 것'입니다. 하지만 영웅을 찬양하는 국가인 미국이 하는 행동은 마치 불안장애

환자처럼 보입니다. 9·11 테러 사건 이후 뉴욕시에는 즉각 새로운 가게가 문을 열어 방역복, 정수기, 항생제, 고층 빌딩에서 뛰어내릴 때 사용할 수 있다는 낙하산 같은 물건들을 팔았습니다. 테러 공격에 대한 공포가 만성적인 우려로 변하면서 잠잠해지자 곧 문을 닫았지만, 그 가게가 존재했다는 사실은 우리가 두려움에 비굴하게 굴복했다는 증거로 기억되고 있습니다.

대중매체, 특히 24시간 계속되는 뉴스 방송은 우리의 걱정을 부추기는 데 한몫하고 있습니다. 때로 대중매체의 주된 역할이 우리를 겁주는 것이 아닐까 생각될 정도입니다. 우리의 관심을 끌기 위해서겠지만, 어쨌든 많은 기사들, 특히 지역 뉴스는 정보를 제공하기보다는 공포를 불러일으키는 데 더 큰 역할을 합니다.

미국에서는 두려움에 매우 민감하게 반응하는 지수로 총기판매량을 들고는 합니다. 9·11 테러 이후에 총기판매는 전국적으로 급증했습니다. 테러 공격을 총으로 막아보겠다는 어리석은 미국인들이 그만큼 많다는 것입니다. 하긴, 조금이라도 위협을 느끼면 무조건 총을 사는 사람들이 미국인입니다.

사람들 대부분은 위험을 최소화하기 위해 이중삼중으로

예방하는 삶을 삽니다. 나는 불안증이 심하고 겁이 많은 상담자들을 만나면 여태까지 시도해본 가장 위험한 일은 무엇인지 물어봅니다. 사실 그들 대부분은 모험을 생각해본 적도 없는 사람들이지만 나는 꼭 그 질문을 합니다. 행복해지려면 모험을 해야 한다는 것을 강조하기 위해서죠.

미국 원주민 속담에 이런 말이 있습니다. "만일 우리가 영원히 산다면 용기 같은 것은 필요 없을 것이다." 그렇습니다. 인간이 다른 동물과 구별되는 점은 죽음을 인식한다는 것입니다. 용기는 나 자신과 사랑하는 사람들의 필멸을 직시하고, 살아 있는 한 두려움 없이 살겠다는 의지입니다.

부모들과 이야기를 해보면 자녀들이 위험에 무방비로 노출된 것에 걱정을 많이 합니다. 학교에서의 마약거래, 영화와 텔레비전을 통해 노출되는 폭력과 섹스, 거리의 유괴범 등등. 하지만 저는 그런 위험보다 그들의 지나친 걱정이 아이들에게 어떤 영향을 줄지 생각해보라고 합니다. 매년 우리 마을의 경찰은 핼러윈에 아이들이 받은 음식을 엑스레이로 투시해서 사과 안에 숨겨진 면도날이 없는지 검사합니다 (아직까지 하나도 못 찾았지만). 대체 우리 어른들은 아이들에게 이 세상에서 안심하고 사는 방법에 대해 어떤 메시지를 주고 있는 걸까요? 오히려 아이들을 위한답시고 부질없이 완벽한 안전을 추구하며 불안 바이러스를 옮기고 있는 것은 아닐까요?

애국심을 들먹이고 영웅으로 불리는 사람들을 찬미하는 태도에는 '대리만족'이 숨어 있습니다. 용기를 보이는 사람을 칭송하는 행동에는 '자신들도 그들처럼 되겠다.'는 굳은 다짐이 아니라 그저 깃발을 흔드는 것 이상의 의미는 없는 것 같습니다. 특히 군복무를 회피한 지도자들이 우리를 대신해 죽은, 용감하지만 운이 없었던 사람들에게 엄숙히 존경을 표하는 기념식 행사를 보자면 더욱 그런 생각이 듭니다. 그들은 죽은 이의 희생을 기리기는 하지만 자신이 직접 우리를 위해 목숨을 바치겠다는 생각은 절대 하지 않기 때문입니다.

한편으로 생각해보면, 오늘날처럼 불확실한 세상에 살면서 불안해하거나 움츠러들지 않을 수 있다는 것은 기적 같은 일이기도 합니다. 그리고 이는 두려움이 즐거움을 빼앗아간다는 사실을 많은 사람들이 인지하고 있다는 증거입니다.

누군가와의 관계가 발전하지 못하는 이유는 서로 친밀한 사이가 되는 것에 대한 두려움 때문일 것입니다. 다른 사람들에게 자신을 드러내 보이지 않으려고 애쓰는 사람들이 있습니다. 다 드러내 보였다가는 상처를 받을 수 있다는 것을 잘 알고 있기 때문입니다. 실제로 외로운 사람들의 이야기를 들어보면 상처받는 것을 피하기 위해 노심초사하고 있다는 것을 알 수 있습니다. 사랑에 실패한 사람들은 더 이상 거부당하지 않으려고 좋아하는 사람이 나타나도 다가가지 못하고 전전긍긍합니다. 그러다 상처를 받느니 차라리 외로움을 선택합니다.

우리는 어느새 두려움에 익숙해져 있습니다. 테러 위협이 있기 전에는 살인벌, 식인상어, 유행성 독감, 핵전쟁이 두려움의 대상이었습니다. 우리를 괴롭히는 위협이나 사람은 항상 존재해왔습니다. 우리는 돈을 내고 일부러 무서운 영화를 봅니다. 인간에게는 아마도 공포를 불러일으켜서 서로 뭉치려 하는, 이를테면 악의 상징을 필요로 하는 욕구가 잠재되어 있는 것 같습니다.

이스라엘 시민들은 한때 우리를 마비시켰던 수준의 테러(그리고 아마 앞으로도 일어날 수 있는)와 늘 함께 생활하고 있습니다. 우리는 그들에게서 많은 것을 배울 수 있을 것입니다. 만일 우리가 이스라엘에 살면서 이렇게 민감한 안전의식을 계속 갖고 있으려면 얼마나 많은 것들을 희생해야 할까요? 지금까지 일어났던 사건들을 바탕으로, 쇼핑몰 폭발이나 화생방 공격으로 피해를 입을 확률이 얼마나 될지 상상해보세요. 그 확률은 너무 낮아서 아마 수치로 표현하는 것이 별 의미가 없을 정도일 겁니다. 그러니 막연한 불안에 떨지 말고, 우리 행복을 위협하는 실체와 맞서 싸우는 용기를 발휘해야 합니다.

저는 한 상담자에게서 다음과 같은 이야기를 들었습니다. 2003년에 그녀는 볼티모어 심포니 오케스트라의 공연에 갔는데, 브람스 바이올린 협주곡이 연주되던 도중 갑자기 정전이 됐답니다. 칠흑 같은 어둠 속에서 그녀는 문득 테러 공격을 받은 것이 아닌가 하는 생각을 했지요. 다른 관중들도 아마 비슷한 생각을 했을 겁니다. 희미한 보조등이 켜지기 전까지 어둠 속의 시간은 너무 길게 느껴졌습니다. 사실은 불과 몇 초에 불과했는데도요. 그런데 그녀를 놀라게 한 것은 연주자들이 지휘자와 악보를 볼 수 없는 어둠 속에서도 멈추지 않고 계속 연주를 하고 있었다는 겁니다. 그것도 완벽하게 말입니다. 감동을 받은 관중은 쥐 죽은 듯 조용히 앉아서 음악을 감상했고 연주가 끝난 뒤 열렬한 박수갈채를 보냈습니다.

생명을 걸고 용기를 보여주는 일은 흔하지 않습니다. 두려움에 맞서 조용한 결단력을 보여주는 행동이야말로 진정한 용기입니다. 이런 용기 있는 행동이 전체적인 사회분위기를 만들고, 궁극적으로는 어떤 군사행동보다 테러와의 싸움에 중요한 영향을 미칠 것입니다. 또한 이 과정을 통해 우리는 스스로 자랑스럽게 생각할 수 있는 뭔가를 우리 자신에게서 발견하게 될 것입니다.

'구더기 때문에 장 못 담그는' 사람들이 있다.
바로 두려움에 사로잡힌 사람들이다.
이들은 자신의 능력을 발휘할 기회를 스스로 없애고,
거뜬히 해결할 수 있는 문제도 애써 피하려 한다.
위험을 피하려고 어떻게든 몸을 사리기 때문에
시간과 에너지를 두려운 대상을 피하는 데 다 써버린다.
하지만 이들이 만들어낸 위험과 공포는 지나치게 과장된 감정이거나
허상일 가능성이 많다. 두려움이 느껴진다면 그것과 정면으로 마주하라.
정말로 두려운 대상인지, 그렇다면 극복할 방법은 없는지
스스로 질문하고 해답을 찾아야 한다.
발전을 가로막는 가장 큰 방해물이 바로 두려움이기 때문이다.
사과나무에 오르지 못하면 사과를 딸 수 없다.

유머는 삶의 부조리를 받아들이는
용기에서 나온다

혼란스럽고 부조리한 삶을 마주하면서 여전히 유머를 잃지 않을 수 있다면,
하루하루 고단함을 이기며 홀로 분투하는 지금 이 시간을 소중히 여길 수 있다면,
우리는 스스로 행복해질 충분한 용기를 지녔다고 해도 좋으리라.

막내딸이 고등학교를 졸업할 때 저는 이런 편지를 써주었습니다.

사랑하는 에밀리에게

벌써 네가 졸업을 하게 됐구나. 졸업 시즌이 되면 젊은이들에게 경쟁에서 이기기를 요구하는 시답잖은 기념축사들이 많아지지. 그러나 나는 누군가는 경쟁보다는 능력을 강조하는 축사를 해주었으면 한다. 엉망으로 일을 처리하는 사람들을 일상적으로 만나다 보니 이제는 남들에게 폐를 끼치지 않는(또는 남들을 위험에 빠트리지 않는) 정도로만 일을 해줘도 감지덕지하게 된다.

우리 주변에는 뭐든 부풀려서 말하는 사람들이 너무도 많단다. 간신히 음정을 맞추는 정도의 사람이 '음악가'로 소개되고, 기본 문장도 구사할 줄 모르는 형편없는 사람이 '작가'로 불리고, 똑똑하지도 않고 윤리적이지도 않은 정치인들이 우리의 '지도자'가 되는 것이 현실이다. 유명세에만 초점을 맞추고 질적 수준을 떨어트리는 경향으로 인해 우리 사회에는 냉소주의와 저급한 취향이 만연하고 진정한 업적을 이루는 사람들은 제대로 평가를 못 받고 있다. 그 결과 더 높은 목표에 대한 도전정신과 용기가 점점 사라지고 있는 것 같구나. 뛰어난 능력과 탁월함을 지닌 사람들이 제대로 된 대접을 받을 수 없다는 것은 정말 안타까운 일이다.

너도 알다시피 나는 찰스 린드버그를 존경한단다. 1927년에 엔진이 하나인 비행기로 대서양횡단을 하려면 상당한 용기가 필요했겠지. 그럼에도 그는 33시간 30분을 밤새도록 날아서 마침내 대서양횡단 무착륙 단독비행에 성공했다. 물론 행운도 작용했겠지만 그는 분명 비상한 비행능력을 갖고 있었다. 만일 우리 모두가 자신이 맡은 일을 그처럼 잘해낸다면 세상은 좀 더 원활하게 움직일 것이다. 그는 나중에 반유대주의자로 비난을 받기도 했지만, 만년에 환경보호주의자로 활동하면서 실추된 명예를 어느 정도 만회할 수 있었다.

능력은 중요하단다. 어떤 일에 두각을 나타내는 사람은 그리 많지 않단다. 하지만 우리는 누구나 적절하게 인내할 수 있고, 선택한 일을 할 수 있고, 우리에게 의지하는 사람들과 우리 자신을 돌볼 수 있어야 하지.

우리 삶에서 유머가 얼마나 중요한지에 대해서도 이야기하고 싶다. 나는 네가 잘 웃고 다른 사람들을 웃게 만드는 재주가 있다는 것을 다행스럽게 생각한다. 닫힌 방문 틈으로 새어나오는, 네가 친구들과 전화를 하며 간간이 터트리는 웃음소리를 들으며, 엄마와 나는 서로 마주 보면서 미소를 짓고는 했단다. 네가 집을 떠나면 많은 것들이 그리워지겠지만 무엇보다 너의 웃음소리가 가장 사무치게 그리울 것 같구나. 가끔 내 기분이 침체됐을 때, 너의 낙천적이고 쾌활한 성품이 얼마나 힘이 됐는지 모른다.

"우리가 유머감각을 갖고 있는 것이 아니라 유머감각이 우리를 갖고 있는 것이다."라는 말은 유머가 얼마나 큰 힘을 갖고 있는지를 우리에게 설명해준단다. 이 말에 진리가 있다고 나는 생각한다. 힘든 상황 속에서도 사람들은 웃음으로 두려움을 털고 일어나고는 하니까. 9·11 테러 후에 펜타곤의 한 면이 붕괴된 것을 빗대어 '쿼드라곤'이라는 말이 유행했던 것을 기억하니? 그런 참담함 속에서도 사람들은 유머를 잃지 않고 있었다는 증거다.

다들 흔히 말하더구나, 참 삶이 부질없다고. 어차피 죽음을 극복할 수 없다면 그토록 무언가를 열망하는 것이 무슨 소용이 있느냐고. 언젠가는 다 소멸해버릴 텐데. 나 역시 삶의 부질없음을 부인하고 싶지는 않구나. 하지만 그럼에도 계속해서 무언가를 열망하고, 그 열망이 가져오는 무상함을 두고 웃을 수 있는 것이야말로 인간이 지닐 수 있는 최상의 용기가 아닌가 싶구나.

내가 좋아하는 또 다른 유머는 사물을 거꾸로 보는 것이다. 사회활동가 애비 호프먼은 이런 말을 했다. "언론의 자유를 둘러싼 쟁점은 사람들로 가득한 극장에서 거짓말로 '불이야!'를 외쳐도 되는지에 대한 것이 아니라 사람들로 가득한 불 속에서 '극장이야!'라고 외칠 수 있는 권리에 관한 것이다."

사람을 가리켜서 '유일하게 웃을 수 있는 동물'이라고들 한다. 물론 이러한 시각 또한 우리 인간의 자만인지도 모르지(아마 개가 우리를 비웃어도 우리는 모를 거야). 하지만 인간은 죽음을 인정하고, 즐거운 삶을 택할 수 있는 능력을 가진 유일한 동물이 아닐까 싶다.

품위에는 여러 가지 형태(육체적, 지적, 사회적, 정신적)가 있고 각기 나름대로 훌륭하다. 하지만 시간의 무게를 견디며, 혼란스럽고 부조리한 삶을 마주하며, 그럼에도 기뻐하고 웃으며, 우리의 투쟁이 의미가 있다는 믿음을 유지하는 품위가 제일 훌륭하다고 아빠는 믿고 있단다.

— 사랑하는 아빠가

삶은 결코 녹록지가 않다.
'뜻대로 된다면 인생이 아니다.'라는 말이 있을 정도다.
이 어쩔 수 없는 진실을 우리는 인정해야 한다.
그리고 삶의 부조리와 고통을 받아들이면서 행복을 이야기하는 유머,
이 역설적인 유머를 갖추어야 한다.
이 유머야말로 삶을 우리가 꿈꾸는 모습에
다가가도록 도와주는 최상의 무기이기 때문이다.

파괴는 쉽고
창조는 어렵다

블록 장난감을 갖고 놀아본 적이 있는가.
유의미한 형태를 만들기는 어렵지만 부수기는 너무도 쉽다.
세상 모든 일이 이와 같다.

자기 자신과 가족을 보호하기 위해 애
쓰는 것은 인간으로서 당연한 일입니다. 사람들은 생명을 위
협하는 것에서 벗어나기 위해 아이들에게 전염병 예방주사
를 맞히고, 범죄가 적은 지역으로 이사하고, 그것도 모자라
도난 경보장치를 설치하기도 합니다. 또한 외출할 때는 자외
선 차단제를 바르고, 담배를 끊고, 매일 운동을 하며 수시로
혈압을 잽니다.

　그러나 이런 모든 노력에도 불구하고 완벽한 안전에 대한
기대는 환상이라는 것이 제 생각입니다. 우리는 집단적인
의사결정을 통해 도출된 결과로부터 자유로울 수 없기 때문
입니다. 단적인 예로, 각 개인들의 욕구와 욕망이 어우러진
결과 우리는 그 어느 때보다 빠른 속도로 화석연료를 소비
하고 있습니다. 물론 우리는 욕구를 해소하는 대신 유독한
공기를 들이마셔야 하고 녹아내리는 남극의 빙하를 봐야 합

니다. 그런데도 우리는 계속해서 폭력범죄, 광우병, 테러 공격 같은 발생 가능성이 훨씬 적은 위협에 대해서만 걱정하고 있습니다.

좀 더 넓게 생각해보면, 지구라고 부르는 구명선에 함께 타고 있는 인류의 운명은 후세에 물려줄 이 세상을 지금 어떻게 관리하느냐에 달려 있습니다. 문제는 파괴하는 것보다 창조하고 보전하는 것이 훨씬 더 어렵다는 것입니다. 실제로 열여덟 살의 아이가 총을 쏘고 폭파시키는 방법을 배우는 데 걸리는 시간은 몇 주일이면 충분할 것입니다. 하지만 생명을 구하는 일이나 환경을 보호하는 일 등을 훈련시키는 데는 그보다 더 오랜 시간이 걸리겠지요.

우리는 결정만 내리면 그 결과가 즉시 나타나는 세상에 살고 있습니다. 이러한 사회 시스템은 우리가 멀리 바라보고 행동할 필요성을 점점 더 느끼지 못하게 합니다. 인간 존재를 위협하는 것들은 대부분 신속한 욕구충족에서 비롯됩니다. 물론 그것이 소비사회의 기본철학입니다.

범람하는 광고가 전달하는 메시지들을 보십시오. 광고는 우리보다 인생을 즐기면서 사는 사람들의 이미지를 되풀이해서 보여줍니다. 그들은 더 젊고 매력적이며 친구들도 많고 여가시간이 넘쳐나는 것처럼 보입니다. 어떻게 하면 그들처럼 될 수 있을까요? 물론 방법은 돈을 더 많이 쓰는 것입니다. 그렇다면 더 근사한 자동차를 타고, 명품옷을 입고, 다이어트 약을 복용해 몸무게를 15킬로그램 줄이고, 눈에 거슬리는 주름을 편다면 우리의 인생은 몰라보게 달라질까요?

사람들 대부분은 자신의 재산과 외모로는 《피플》지에 실릴 수 없다는 것 정도는 알 만큼의 분별력을 갖고 있습니다. 그럼에도 고질적인 불만족은 계속 우리를 따라다니고, 다른 사람들이 조금이라도 행복해 보이면 마냥 부러워합니다. 그 결과 모든 것을 끊임없이 새롭고 향상된 버전으로 바꾸라고 부추기는 '일회용 사회'가 창조됩니다.

이러한 탐욕과 시샘을 내가 치명적인 죄악이라고 부르는 데는 그만한 이유가 있습니다. 새로운 것에 대한 끊임없는 추구는 소비문화를 이끌어가는 엔진입니다. 하지만 그 부산물과 부작용이 가져다주는 폐해는 엄청납니다. 우리가 살아야 하는 환경을 오염시키고, 결국은 우리 삶의 질을 떨어트리고 있습니다.

지구상 모든 국가가 날로 심각해지는 에너지 자원의 고갈, 특히 석유의 유한성 때문에 골머리를 앓고 있습니다. 석유를 둘러싼 국가들 간의 암투는 결국 전쟁으로 이어지는데, 석유 전쟁만큼 국가 간의 이해관계가 첨예하게 대립하는 전쟁도 없습니다. 우리가 석유에 대한 의존도를 현저히 줄일 수 있다면 이 세상은 훨씬 안전한 곳이 될 것입니다.

그런데 사람들이 간과하고 있는 것이 있습니다. 우리가 석유를 얻기 위해 치러야 하는 엄청난 대가입니다. 이 세상에 존재하는 모든 것은 연결되어 있습니다. 석유를 얻은 만큼 소중한 인명을 잃게 되고, 그로 인해 고통받는 사람들이 늘어나고, 그들은 고통을 피하기 위해 폭력적인 사람이 되고, 폭력은 또다시 석유를 얻는 데 사용됩니다. 그뿐이 아닙니다. 석유를 더 많이 사용할수록 공기오염은 심각해지고, 그로 인한 각종 질병이 갈수록 더 많은 사람들을 괴롭히고 있습니다. 이 얼마나 엄청난 재앙의 고리입니까?

베트남전쟁에 파병됐던 군인들은 한결같이 조국으로 돌아가면 전쟁 따위는 잊어버리고 새로운 인생을 살겠다고 말했습니다. 하지만 그들은 전쟁이 끝나 집으로 돌아온 뒤에도 계속해서 악몽에 시달리고, 심지어는 정신질환까지 앓게 됐습니다. 그제야 사람들은 모든 일에는 반드시 대가가 따른다는 점을 알게 됐습니다. 다른 나라를 짓밟으면 짓밟은 만큼 우리에게도 고스란히 재앙이 되어 돌아온다는 점을 깨닫게 된 것이지요.

폭력은 오로지 우리 자신과 세상을 살 만한 곳으로 만드는 가치들을 보호하기 위해 사용될 때만 허용될 수 있습니다. 만일 최후의 방어수단으로서가 아니라 우리 안에 내재된 뿌리 깊은 두려움에 대한 반사적인 반응으로 폭력을 사용한다면 우리는 더 큰 위험에 처하게 될 것입니다. 파괴는 파괴를 부를 뿐입니다.

우리가 폭력의 유혹을 받는 것은 단순한 방법들 대부분이 그렇듯이 단기적으로는 효과가 있는 것처럼 보이기 때문입니다. 적을 죽이면 모든 것이 해결되니까요. 하지만 폭력은 쓰면 쓸수록 우리 스스로를 망가트리게 될 것입니다. 삶의 진실을 추구하는 마음과 선한 본성마저 잃어버린 채, 어느새 그토록 미워했던 적의 모습을 닮고 있는 자신을 발견하게 될 것입니다.

반전운동가이자 작가인 조너선 셸은 《라이프》지에 실린 밀라이 학살 현장(베트남전쟁 중 미군이 민간인을 대상으로 저지른 학살 사건. 최소 3백 명 이상이 죽은 것으로 추산한다―옮긴이) 사진을 보고 이렇게 썼습니다.

우리가 슬픔을 느끼든 두려움을 느끼든 간에 학살은 우리 안으로 들어와서 우리의 일부가 될 것이다. 이 사건은 자기반성과 행동을 요구한다. 만일 우리가 그 요구를 부정하고 마치 아

119

무 일도 없었던 것처럼 행동하려고 한다면, 일단 우리 안으로 들어온 학살에 대한 인식은 우리 안에서 암암리에 중요한 변화를 일으키면서 우리의 소중한 능력들을 무디게 하고, 우리의 영혼을 시들게 할 것이다.

자연을 파괴하기는 쉽다.
그러나 원래대로 되돌리기는 어렵다.
전쟁을 일으키기는 쉽다.
그러나 전쟁을 경험한 군인은
절대 이전과 같은 모습으로 되돌아갈 수 없다.
현대 소비사회는 돈만 내면 물건을 제공함으로써
의미 있고 가치 있는 것을 얻는 게 쉬운 것처럼 우리를 속인다.
이제 우리는 스스로에게 물어야 한다.
정말 그러한가?

열다섯 번째 지혜

과거를 물리치지 않고서는
현재를 변화시킬 수 없다

우리는 힘든 과거의 기억을 방치해둔 채 마냥 슬픔 속에 빠져 있거나
아무 일도 없었다는 듯 살아가거나 한다.
하지만 힘든 과거일수록 반드시 극복되어야만 한다.
그래야만 앞으로 나아갈 힘을 얻을 수 있다.

얼마 전 웨스트포인트 사관학교에서 열린 동창회에 참석했습니다. 1960년도에 대학을 같이 졸업한 동기생 중 살아남은 이들이 모인 자리였습니다. 우리는 그동안 많은 일들을 겪었습니다. 10년에 걸친 달착륙사업과 베트남전쟁을 보거나 겪었고, 우리가 입학하던 1956년 당시만 해도 한창이던 냉전이 소련의 몰락과 함께 종식되는 것도 보았습니다. 인터넷의 출현과 몇 번에 걸친 사막에서의 전쟁도 보았습니다.

우리 동기들은 다양한 직업을 갖고 있습니다. 절반 정도는 군대에서 20~30년을 보냈고 나머지는 사업가, 엔지니어, 법률가와 같은 직업을 택한 민간인들입니다. 개중에는 시인도 한두 명 있습니다. 550명의 졸업생 중에 82명은 먼저 세상을 떠났습니다. 제일 먼저 우리 곁을 떠난 동기생은 졸업 직후 1주일 만에 자동차사고로 죽었고, 가장 최근에 죽은 친구는 폐암으로 동창회가 있기 2주 전에 세상을 떴습니다. 베트남 전쟁에서 희생된 12명의 동기도 있습니다. 물론 저를 포함해 남아 있는 동기들도 죽음을 눈앞에 두고 있기는 마찬가지입니다.

오랜 세월이 지난 후 젊음으로 패기 넘치던 시절을 보낸 요새에 가보는 것은 기분 좋은 일이었습니다. 그곳은 옛날과 다름없어 보였습니다. 생도들을 더 많이 수용하기 위해 고딕식의 화강암 건물을 증축하기는 했지만 교회 예배당은 여전히 언덕 위에 자리 잡고 있었습니다. 몇몇 건물들이 새롭게 들어섰고 축구 경기장도 보수를 했지만, 예전의 모습을 찾는 것이 그렇게 어렵지는 않았습니다.

열병 중인 사관생들도 여전히 세상 최고의 밀집대형을 자랑하고 있었습니다. 다만 과거의 금욕적인 남성다움이 몸에 밴 나이 든 졸업생들은 여성 생도들이 행진하는 모습을 쉽게 받아들이지 못하는 것 같았습니다. 특히 아이젠하워 홀에서 열린 연회에서 많은 변화를 실감할 수 있었습니다. 수백 명의 사관생들 앞에서 코미디언 존 스튜어트가 스탠드업 코미디를 했는데 모두들 무척 즐거워했습니다. 우리가 그곳에서 생활하던 시절에는 상상도 할 수 없는 일이었습니다.

한편 웨스트포인트는 사관생들에게 미래의 전쟁에서 사

용할 수 있는 교훈을 전달하기 위한 노력으로 전투에 참여했던 졸업생들의 구술 기록을 남기고 있었습니다. 저 역시 베트남전쟁에 군의관으로 참전했던 경험에 대해 어느 젊은 소령과 인터뷰를 하게 됐습니다. 그 소령은 친절하게도 제게 미리 질문할 내용을 보여주었습니다. 요즘 생도들이 비정규전에서 장교로서의 역할을 수행하려면 어떻게 준비해야 하는지에 대한 내용이었습니다.

하지만 저는 좀 다른 이야기를 하고 싶었습니다. 그래서 군인이 전쟁에 나가 싸우는 목적이 실제 전장에서 일어나는 일과 아무 관계가 없다는 사실을 알았을 때 어떻게 해야 하는지에 대해 이야기했습니다. 제가 베트남에서 알게 된 사실은 말로는 끊임없이 민심을 얻어야 한다고 강조하면서도 정작 우리는 베트남 사람들을 멸시했다는 것입니다. 미군은 베트남인을 '국스gooks'라고 불렀습니다. 이는 그들을 비하하고 경멸하는 표현이었습니다.

저는 의사로서 고문을 당하거나 부상을 입은 포로들을 치료해줄 의무가 있었습니다. 그런데 한번은 연대 정보장교가 일시적으로 호흡기 근육을 마비시키는 약을 처방해달라고 했습니다. 이유를 물어보니 포로들을 심문할 때 사용하겠다는 것이었습니다. 저는 그것이 얼마나 비인간적인지 알면서도 차마 그 명령에 저항하지 못했습니다. 저는 그로부터 6개월이 지나서 열린 지휘관 교체식에서 군에 대한 불만을 공개적으로 표시했습니다. 결국 저는 '장교답지 않은 행동'을 한 죄로 체포됐고, 저의 군경력도 거기서 끝을 맺게 됐습니다.

36년 전 베트남에서 돌아온 이래로 웨스트포인트가 저에게 관심을 보인 것은 이번이 처음이었습니다. 저는 한 시간 동안 비디오카메라에 대고 베트남에서 보고 배운 것들에 대해 최대한 많은 이야기를 쏟아냈습니다. 사실 제가 웨스트포인트의 사관생들을 위해 해줄 조언은 별로 없었습니다. 단지 제 경험을 말하며 그들에게 자신이 누구인지, 자신의 가치관이 군인의 의무와 어떻게 부합하는지, 또 무엇을 지지하고 무엇에 반대할 것인지에 대해 생각해보라고 이야기했습니다.

어떤 사관생이 제 이야기를 듣게 될지 알 수 없었지만 저로서는 의미 있는 일이었습니다. 그것은 군에 대한 충성심과, 의사이자 시민이며 자유로운 인간으로서의 개인적 신념 사이에서 방황했던 한 남자의 고백이었습니다. 또한 저를 불러준 웨스트포인트에 대한 사랑의 표현이기도 했습니다. 무엇보다 그것은 아픔으로 남아 있는 과거와 화해하고 적극적으로 떠나보내는 계기가 됐습니다.

저는 그 일을 통해 부당한 명령에 저항하지 못했던 자신을 용서하고, 명령을 내렸던 사람도 용서했습니다. 꺼져가는 생명 앞에서 느꼈던 무력감과 상실감도 완전히 극복할 수 있겠다는 자신감을 얻었습니다.

동창회에 참석하기 위해 집을 떠나던 날 저는 얼마 전 남아시아에서 죽은 한 웨스트포인트 출신 젊은이의 어머니로부터 한 통의 메일을 받았습니다. 제 책을 읽은 그녀는 저에게서 위로를 받고 싶었던 모양입니다. 저는 그녀에게 제가 여섯 살짜리 아들을 잃은 후 작성했던, 자녀를 잃은 부모들을 위한 기도문을 보냈습니다.

짧은 생애 동안 우리에게 그렇게 큰 기쁨을 가져다준 아이들이 지금은 천사가 되어 여전히 우리를 사랑하기를, 그들에 대한 우리의 사랑을 느끼고 우리가 오기를 기다리고 있기를, 그들을 영원히 우리 가슴속에 안전하게 묻어두고 있다는 것을 그들이 알고 있기를, 바라고 희망하건대 우리 또한 평화를 찾을 수 있기를.

동창회에서도 우리는 먼저 세상을 떠난 동기생들을 추모했습니다. 친구들은 차례로 그들의 이름을 불렀습니다. 그들의 영원한 안식을 위한 기도와 교가 제창이 이어졌습니다. 마지막으로 한 은퇴한 장군이 앞에 나와 명예와 의무와 자유에 대한 진부한 표현으로 죽은 사람들에 대한 기억을 불러냈습니다. 하지만 그의 추도사는 무의미하게 들렸습니다. 고인들은 우리가 그들의 영혼을 포장할 때 사용한 애국심과는 아무 상관 없는 생각과 두려움을 지닌 채 죽어갔을 것이기 때문입니다.

워싱턴에 있는 검은 화강암벽 앞에서 그랬던 것처럼, 저는 웨스트포인트의 교회에서 내 마음속에서 영원히 젊은 모습으로 살아 있는, 베트남에서 죽어간 동창생들을 기억했습니다. 그들은 우리처럼 늙고 나약해지지 않을 것입니다. 병들어서 앓아눕지도 않을 것입니다. 차라리 그들이 행운아들일지도 모르겠다는 생각도 잠시 해봤습니다. 하지만 그들이 부르지 못한 노래들, 태어나지 않은 그들의 아이들과 손자손녀들, 오랜 사랑의 평화로운 기쁨은 어디에서 찾을 수 있을까요? 그들이 안쓰러운 것은 이런 것들을 누리지 못했기 때문입니다.

그러나 더욱 안타까운 일은 그들의 생명을 앗아간 비극이 여전히 끝나지 않고 반복되고 있다는 사실입니다. 지금 이 시간에도 많은 젊은이들이 45년 전과 같은 이유로 목숨을 잃을 위험에 처해 있습니다. 저로서는 45년이 지난 어느 날 또다시 한 무리의 늙은 동창생들이 모여 애정과 안타까움으로 누군가를 추모하게 될 일이 생길까 두렵기만 합니다.

우리의 인생은 수많은 고통이 쌓여 만들어진다.
우리 인생을 고통의 저장소라고 부른다 해도 틀린 말은 아닐 것이다.
하지만 언제까지나 고통에 빠져 있을 수는 없다.
과거의 고통에서 벗어나야만 현재의 모습을 바꿀 수 있기 때문이다.
고통 속에 적극적으로 침잠함으로써 그 본질을 깨닫고 받아들여야만
비로소 그것을 훌훌 떠나보낼 수 있다.
과거는 충분히 받아들인 뒤 떠나보내라.
그래야 현재의 평화와 행복을 내 것으로 만들 수 있다.

아무리 괴로워도 불면증 때문에
죽는 사람은 없다

밤새 잠을 이루지 못하고 뒤척이는가.
해결책은 불면을 심각하게 여기지 않는 것이다.
불면에 대한 불안은 잠을 멀리 쫓아버린다.

정신과치료를 받는 사람들은 종종 불면증을 호소합니다. 그러면서 밤에 충분히 잠을 잘 수만 있다면 모든 것이 좋아질 것 같다고 말하고는 합니다. 하지만 불면증은 불안과 우울증에 동반하는 증상이기 때문에 근본적인 문제에 접근하는 방식으로 해결해야 합니다.

저는 환자들에게 불면증을 '나 자신을 가르칠 수 있는 기회'로 생각하라고 말합니다. 자신의 생활을 꼼꼼히 반성해보고 불면증의 원인이 무엇인지 알아내도록 권합니다. 이것은 수면제를 만드는 제약회사와는 정면으로 대치되는 접근 방식입니다. 그들은 사람들에게 즉각적인 해결을 기대하게 만듭니다.

최근에 한 고급 레스토랑에서 열린 정신의학 모임에 나간 적이 있습니다(물론 제약회사의 협찬으로 열린 모임이었습니다). 토론의 주제는 불면증이었습니다. 동료 정신과의사들은 불면증 치료법에 대해 오로지 어떤 약을 처방해야 하는지에 대해 역점을 두고 이야기를 하더군요.

저는 환자들에게 곧바로 습관성 약물을 처방하기보다는 불면증의 원인이 무엇인지 먼저 알아본다고 말했습니다. 그러자 사람들은 마치 거머리로 나쁜 피를 빼내는 17세기 치료법을 사용한다는 이야기라도 들은 것처럼 놀라는 눈치였습니다.

환자에게 수면제를 처방하는 것이 수익 면에서 좋은 방법인 것만은 틀림없습니다. 재빨리 환자의 기대를 충족시킨 다음 다른 환자를 볼 수 있으니까요. 제약회사가 그날 우리가 먹은 음식값을 내준 것도 아마 그런 이유에서일 것입니다.

불면증의 특징 중 하나는 얄궂게도 잠자는 것을 중요하게 생각할수록 잠이 오지 않는다는 것입니다. 수면은 자연적인 현상이며 억지로 되는 일이 아닙니다. 노력하면 안 되는 것이 없다고 배운 사람들, 그리고 삶에서 통제력을 가장 중요하게 생각하는 사람들은 무척 화가 날지도 모르겠습니다. 잠을 자려고 노력할수록 잠이 오지 않는다니 말입니다. 불면증 환자들이 흔히 쓰는 전략(침대에 누워서 시계를 보며 아침이 되면 얼마나 피곤할지 생각하는)은 그들을 계속 깨어 있게 만들 뿐입니다.

환자들이 불면증에 대한 즉각적인 해결을 요구할 때 저는 이런 점을 이야기해주며 잠에 들려면 잠자는 것을 중요하게 생각하지 말라고 얘기합니다.

우리는 수면의 중요성에 대해 잘못된 상식을 갖고 있습니다. 운동하기 전에 의사와 상의하고, 정기적으로 건강검진을 받고, 겨울철에는 찬바람을 피하고, 음식을 먹고 나서 수영을 하지 않는 것처럼, 하루에 여덟 시간은 숙면을 취해야 한다고 생각합니다.

하지만 그보다 덜 잔다고 해서 정상적인 활동을 못 하는 것은 아닙니다. 우리 몸에는 피곤해서 쓰러지기 전에 스스로 부족한 수면을 보충하는 자동제어 기능이 있습니다.

수면제를 공급하거나 처방하는 사람들은 끊임없이 우리에게 불면증은 위험한 병이며, 치명적인 자동차사고의 원인이자, 학생과 노동자들의 생산성을 떨어트린다고 경고합니다.

얼마 전에는 신문에 충분히 잠을 자지 못하거나 아무 때나 잠을 자면 암, 심장병, 당뇨병, 비만과 같은 여러 중대 질병의 발병률이 높아진다는 기사가 실리기도 했습니다. 이 기사를 읽은 사람들은 당연히 걱정을 하게 되고 그 때문에 더욱 잠을 이루지 못했을 것입니다.

불면에 대한 불안은 불면을 더욱 부추깁니다. 처음에 불안을 일으킨 원인이 무엇이었든 간에, 이제는 불안하기 때문에 불안하고 두렵기 때문에 두려운 것입니다. 결국 극도로 피로해지거나 전신마취(수면에 대한 강박관념에서 벗어나지 못하는 특수한 환자들에게 권하는)를 하지 않는 한 잠을 잘 수 없는 지경에까지 이릅니다.

저는 불면증으로 고민하는 사람들에게 세 가지를 이야기해줍니다. 첫째는 불면증은 흥미로운 화젯거리가 아니라는 것이고, 둘째는 우리 몸은 완전히 무너지기 전에 알아서 수면을 취하도록 작동한다는 것입니다. 그리고 셋째는 잠자는 것을 중요하게 생각하면 오히려 잠이 오지 않는다는 것입니다.

잠을 자야 한다는 생각에서 자유로워지는 방법은 깨어 있는 상태로 30분 이상 침대에 누워 있지 않는 것입니다. 만일 30분이 지나도 잠이 오지 않으면 일어나서 다른 할 일을 하세요. 책을 읽거나 거실 바닥을 닦으세요. 적어도 45분 이상 일어나 있다가 다시 잠자리로 돌아가세요. 이렇게 잠이 들 때까지 되풀이해보세요.

초조한 기분으로 무작정 침대에 누워 있는 대신 우리 몸으로 하여금 수면과 다른 활동 중 하나를 선택하게 하는 것입니다. 그러면 점차 초조한 기분이 사라지면서 결국 잠을 잘 수 있게 될 것입니다.

또 저는 상담을 할 때 불면증에 대한 얘기는 5분 이상 하지 않습니다. 제 쪽에서 지루한 이야기를 피하려는 것도 있지만, 환자가 수면을 심각하게 생각하지 않도록 하기 위해서입니다.

우리의 삶이 행복한지 슬픈지, 만족스러운지 불만스러운지는 대체로 우리가 관심을 기울이는 대상에 의해 결정됩니다. 인생은 실망스러운 것이고 우리는 악과 고통으로 가득한 위험한 세상에서 살고 있다고 생각하는 사람들은 얼마든지 그 근거를 찾을 수 있습니다. 우리가 매일 보는 신문에는 죽음과 파괴와 추악한 인간성에 대한 기사가 끊임없이 실리니까요.

그런 소모적인 기사에 빠지게 되면 자신도 모르는 사이에 인생관이 부정적으로 변하게 됩니다. 사실 우리의 두려움은 대부분 텔레비전 화면이 보여준 것들에 대한 반응입니다.

비관론자들이 결국 그들이 생각하는 대로 되는 것처럼, 유혈이 낭자한 사건을 톱기사로 올리는 데 안간힘을 쓰는 매체들을 통해 세상을 바라보는 사람은 냉소적이고 소심한 세계관을 갖게 됩니다.

반면 아름답고 관대한 것들을 보며 시간을 보내는 사람들은 스스로 운이 좋다는 생각을 하게 되고, 세상 사람들을 선하게 보려고 노력합니다. 어떤 것을 중요하게 생각하고 무엇에 관심을 갖느냐에 따라, 세상과 인생의 희로애락을 바라보는 태도도 달라지는 것입니다.

몸과 마음의 건강을 생각하는 방식도 마찬가지입니다. 어떤 사람들은 비행기가 가끔 추락한다는 이유 때문에 자동차로 갈 수 있는 곳보다 먼 곳으로는 아예 가지 않으려 합니다. 우리가 차라리 그런 정보에 대해 모르면 더 먼 곳까지 여행을 갈 수도 있을 것입니다.

같은 맥락에서, 우리가 몸과 마음을 스스로 치유하고 지킬 수 있다는 자신감을 갖고 있다면 불필요한 병원 출입이 줄어들 것입니다.

병원 대기실에 가보면 조금 불편하기는 하지만 의사의 치료까지는 필요하지 않은 사람들로 항상 북적입니다. 그렇게 걱정이 많은 사람들이 몇 시간씩 기다렸다가 의사를 만나서 듣는 이야기라고 해봤자 어떤 문제가 있는지 모르겠다거나, 치료방법이 없다는 것입니다.

그들이 병원에 가는 이유는 혹시 심각한 문제가 생긴 것은 아닌지 걱정이 되거나(기침을 하는데 심각한 병에 걸린 것은 아닐까 걱정이 된다거나) 잠시도 불편한 것을 참지 못하기 때문입니다(두통을 사라지게 할 방법을 좀 찾아달라거나).

의료산업은 모든 증상(섬유근육통, 만성피로, 수면 중 무호흡증 등)에는 병명이 있고 모든 고통에는 치료약이 있다는 사람들의 인식에 의존하고 있습니다. 의료체계 자체가 건강염려증을 부추기는 것입니다.

소위 '자연치유법'을 다룬다는 가게도 관련된 상품을 가득 쌓아놓고 사람들에게 '새집증후군'이나 중금속중독 같은 문제들을 경계해야 한다는 생각을 부추깁니다.

이제 그만하면 충분합니다. 우리는 훌륭하게 창조됐고, 우리의 몸은 놀라운 재생과 자기치유 능력을 갖고 있습니다. 그러니 자신감을 가지세요. 병원을 조금만 멀리하면 기분이 훨씬 좋아질 겁니다.

잠이 오지 않는다면 전화벨이 울리지 않고 아무도 메일을 보내지 않는 새벽시간의 평화와 고요를 즐기는 법을 배워보세요. 충분히 피곤하면 우리 몸이 알아서 잠을 잘 것이라는 믿음을 가지세요.

잠을 편안히 자지 못하는 것은 분명 괴로운 일이지만, 그렇다고 해서 불면증 때문에 죽는 사람은 없습니다. 과도하게 걱정하고 염려할 필요는 없다는 뜻입니다.

지금 이 순간 하룻밤을 어떻게 버텨야 할지 막막하다면 인터넷에서 '불면증'을 검색해보세요. 곧바로 같은 증세를 보이고 있는 새로운 친구들을 한꺼번에 만날 수 있는 홈페이지에 연결될 것입니다.

잠을 자야겠다는 생각이 강하면 잠은 갑자기 멀리 달아나버린다.
살을 빼려고 마음먹으면 갑자기 먹고 싶은 음식이 많아진다.
무엇을 잘하려고 생각하면 실수를 더욱 많이 하게 된다.
무엇이든 과도하게 마음먹는 것은 일을 그르치는 지름길이다.

말하기 전에 귀 기울여라
그러면 마음을 얻을 것이다

사람들의 고민 대부분은 인간관계에 대한 것이며,
인간관계에서 가장 풀기 어려운 숙제는 마음을 얻는 것이다.
상대의 이야기에 귀를 기울이는 것이 마음을 얻는 가장 좋은 방법이다.
귀를 기울이는 것은 곧 철저하게 상대의 입장에 서는 행동이므로.

인생은 시행착오에 의한 학습의 결과라고 봐도 무방합니다. 지나간 잘못과 실수를 통해 교훈을 얻고 개선과 변화를 시도하기에 우리는 날마다 조금씩 발전할 수 있습니다. 그런데 제가 만난 사람들 중에는 그렇지 못한 사람도 더러 있습니다. 체벌로 아이들을 가르치려 하는 부모들은 아이들이 반항한다며 고민합니다. 그들은 자신이 부모로부터 배운 방법(폭력)과 아이들에게 가르치려고 하는 내용(예의와 온순함)의 모순이 혼란과 분노만을 불러오는 것을 눈으로 직접 확인하면서도 무시해버립니다. 저는 그런 부모에게 "그런 방법이 효과가 있던가요?"라고 묻습니다. 그들이 스스로에게 이 질문을 하지 않기 때문입니다.

사람들은 특히 인간관계에 대한 문제를 풀 때 어리석어지는 것 같습니다. 좌절, 분노, 실망, 불안, 절망 같은 부정적 감정들은 기존의 인간관계를 돌아보게 만드는 계기가 됩니다.

우리는 이러한 감정들을 해결하고 상대와 화해하기를 바랍니다. 그런데 문제는 여전히 자신은 아무것도 하지 않은 채 그대로 있으려 한다는 것입니다. 물론 새로운 깨달음을 행동으로 옮기는 것이 쉬운 일은 아닙니다. 그래서 심리치료사가 필요한지도 모릅니다. 심리치료사가 하는 역할은 바로 이러한 변화의 과정에서 필요한 통찰력과 격려를 제공하는 것입니다. 이때 심리치료사는 의사로서의 역할은 물론이고 종종 고해성사를 받는 신부, 교사, 부모, 판사의 역할까지 하게 됩니다.

저는 사람들에게 인간관계에서 발생하는 감정적 문제를 푸는 열쇠로 '귀담아듣기'를 제안합니다. 듣는 행위는 상대에게 관심을 갖고 있다는 표시로서 신뢰를 얻는 데에 매우 유용합니다. 또한 상대의 감정과 생각을 정확하게 이해함으로써 문제를 개선하는 데에도 도움이 됩니다. 무엇보다 상대의 이야기를 듣다 보면 자신의 잘못과 실수도 깨닫게 됩니다. 하지만 귀담아듣는 일은 이야기를 털어놓는 사람에게도 이야기를 들어주는 사람에게도 쉽지 않습니다. 대체 왜일까요?

사람들은 누군가 자신의 이야기를 들어주는 것에 굶주려 있습니다. 우리가 즐기는 대중문화는 대부분 일방적이고 수

동적입니다. 정치가들은 마치 뭐든지 다 알고 있는 것처럼 이야기합니다. 우리 가족들조차 너무 바빠서 조용한 대화를 나눌 시간(또는 관심)이 없습니다. 따라서 누군가 자신의 이야기를 들어주는 것은 특별하고 만족스러운 경험입니다. 하지만 사람들은 누군가 자신의 이야기를 들어주기를 바라면서도 속내를 잘 털어놓지 못하는 이중성을 갖고 있습니다. 특히 남성들이 그런 경우가 많습니다. 여성이 배우자에게 갖는 흔한 불만 중 하나가 바로 상대가 감정표현을 잘하지 않는데다 이야기도 들어주지 않는다는 것입니다. 여기에는 사실 우리가 심사숙고해봐야 할 중대한 진실이 감춰져 있습니다.

남성들은 경쟁에 길들여져 있으며, 성별의식에 대한 지난 수십 년간의 계몽에도 불구하고 여전히 나약하게 느껴지는 감정은 잘 드러내지 않으려 합니다(특히 남성들끼리 있을 때면 더 그렇지요). 저는 30년 동안 심리상담 그룹을 운영하면서 그들이 서로에게서 도움을 구하는 과정과 남성들끼리만 있을 때에는 어떻게 태도가 달라지는지를 관찰해왔습니다. 남성들은 서로를 견제하면서 가능한 한 자신의 감정을 드러내지 않으려는 성향을 보입니다. 그들은 강한 경쟁심과 자존심을 갖고 있었지만, 자신이 어떤 감정을 느끼는지는 잘 알지 못했습니다.

이처럼 자신의 감정을 제대로 구분하지도 표현하지도 못하는 것을 전문용어로 '감정표현 불능증'이라고 합니다. 이는 불편한 감정을 인식하고 경험하기를 거부하는 일종의 방어기제입니다. 이누이트(에스키모)들이 사용하는 언어에는 눈을 나타내는 단어가 서른 가지이고 전쟁에 대한 단어는 하나도 없다고 합니다. 이를 통해 우리는 추운 지방에 산다는 것 외에도 그들에 대해 여러 가지를 짐작해볼 수 있지요. 그처럼 누군가가 분노, 기쁨, 두려움, 사랑을 잘 인식하지 못한다면 우리는 그에 대해 무언가를 짐작할 수 있고, 그는 당연히 자신의 내면세계에 대해 이해하거나 대화하기 어려울 것입니다.

경쟁적인 성향은 비단 남성들 사이에서만의 문제는 아닙니다. 남녀 간의 결합인 부부 사이에서도 이런 경쟁적인 성향을 발견할 수 있습니다. 실제로 많은 사람들이 배우자를 아군으로 봐야 할지 적군으로 봐야 할지 아리송하다는 말을 합니다. 그래서 때로 부부싸움은 서로 타협하고 공정해지기 위해 벌이는 일종의 힘겨루기가 되기도 합니다. 이 와중에 서로를 향한 진심에 귀를 기울인다는 것은 하늘의 별을 따는 것만큼이나 어렵겠지요.

그렇다면 이야기를 들어주는 것은 왜 어려울까요? 그것
역시 과도한 경쟁의식과 흑백논리 때문입니다. 지금 우리
사회는 스포츠, 정치, 비즈니스는 물론 대인관계에서까지 경
쟁을 부추깁니다. 축구 같은 운동경기에서는 이기지 않으면
진다는 식의 단순한 논리가 통할지도 모릅니다.

하지만 현실에서 이루어지는 대부분의 결정과 결과는 무
수히 다양한 가능성들로부터 나옵니다. 이를 이해하지 못하
는 사람은 이것 아니면 저것밖에 모르기 때문에 늘 극단적
인 선택을 하게 됩니다. 예를 들어, 엄한 규칙과 처벌로 아
이를 키우는 부모에게 양육방법에 대해 반성해보라고 하면
"그러면 아이가 하는 대로 내버려두라는 말인가요?" 하고
반문합니다.

이것 아니면 저것이다, 혹은 이기지 않으면 진다는 이분
법적 사고방식을 갖고 있으면 현실에 존재하는 많은 문제들
앞에서 무능해질 수밖에 없습니다. 현실의 문제들 대부분은
흐릿한 회색으로 채색되어 있어, 흑이다 백이다 딱 단정 지
어 말할 수 없기 때문입니다.

심리상담은 대중문화가 그러는 것처럼 분명하고 정확한
해결책을 제시해주지 않습니다. 인간적 갈등 대부분은 불확
실하고 모호하기 때문입니다. 문제를 해결하기 위해서는 이

점을 인정하고 상대방의 입장에서 바라볼 줄 알아야 합니다. 무조건 자신이 옳다고 생각하는 자만심을 버려야 합니다. 상대방의 얘기를 들을 때 가장 중요한 점 역시 흑백논리를 버리고 상대방의 입장에서 문제를 바라보는 열린 태도입니다.

또 귀담아듣기에서 중요한 것은 서로에 대한 신뢰입니다. 심리치료에서도 마찬가지입니다. 사실 심리치료사를 만나자마자 도움을 받기는 어렵습니다. 벽에 걸린 학위증들이 심리치료사의 자격을 증명해준다 해도 말입니다. 심리치료사는 먼저 관심과 이해심을 보여 상담자가 자신을 드러내고 상담 내용에 귀를 기울이게 하기 위해 노력합니다. 무엇보다 심리치료사는 심판자가 아니고 그들 편에 서 있는 존재라는 점을 분명히 알게 하기 위해 애씁니다. 마찬가지로, 우리는 상대의 이야기에 귀를 기울여주기에 앞서 진솔한 마음의 자세를 보여주기 위해 노력해야 합니다.

그러나 역시 상대가 마음의 문을 열 준비가 되어 있지 않으면 아무 소용이 없습니다. 심리치료사를 찾아오는 사람들 역시 도움을 구할 마음의 준비가 되기까지 오랫동안 혼자 가슴앓이를 합니다. 그래서 새로운 내담자를 만날 때마다 제가 제일 궁금해하는 것은 '내담자가 변화할 준비가 되어 있는가.'입니다. 간혹 그들은 주변 사람들의 간곡한 부탁으로 의사를 만나러 오고는 하기 때문입니다. 이혼을 원하는 아내, 어찌할 바를 모르는 부모, 분노한 직장 상사나 동료에게 등 떠밀려 오는 것이지요. 하지만 본인이 변화의 필요성을 뼈저리게 인식하지 못하고 있다면 상담을 받아봐야 별다른 효과를 거둘 수 없습니다.

앞에서도 이야기했듯 우리는 시행착오를 통해 무언가를 배울 수 있어야 합니다. 무언가 잘못된 것을 알았다면 변화를 시도해야 합니다. 인간관계도 마찬가지입니다. 상대에게 실망하거나 화가 났다면 그 이유가 무엇인지 생각하고 그것을 솔직하게 말해야 합니다. 반대로 상대를 화나게 했다면 그 이유에 대해 진지하게 귀를 기울여야 합니다. 서로의 감정을 솔직하게 털어놓고 확인한다면 두 사람은 같은 실수를 반복하지 않을 겁니다.

갈수록 좋은 인간관계를 유지하는 일이 힘들어지고 있습니다. 서로가 서로에게 솔직해지는 일도, 서로가 서로의 입장에서 이해해주는 일도 점점 더 힘들어지고 있습니다. 값비싼 선물로 마음을 살 수 있다고 생각하는 사람이 있는가하면, 사람의 마음도 투쟁을 통해 얻는 것이라고 믿는 사람도 있습니다.

하지만 그것은 착각입니다. 진실한 마음은 진실한 마음으로만 얻을 수 있습니다. 먼저 잘못을 인정하고 상대의 이야기를 순수하게 경청하겠다는 단순하면서 담백한 자세야말로 모든 인간관계를 여는 열쇠입니다.

갈등을 겪지 않고 사는 사람은 없다.
그런데 갈등의 시작이야 어찌됐든 나중에 하는 말을 들어보면
대개는 서로 말이 안 통한다는 것이 주된 이유다.
상대방이 자신의 말을 이해하지 못하거나
제대로 들으려고 하지 않는다는 것이다.
그런데 실은 그렇게 말하는 사람 역시 여전히 자신의 입장만을 고수한다.
갈등 속에서 승자, 패자를 가르는 사람은
진정한 인간관계를 유지할 수 없다.
인간의 갈등은 애초에 그 원인이 불확실하고 모호하다.
그러므로 갈등 해소에 초점을 맞추고 상대가 무슨 말을 하는지
열심히 귀 기울여 들으라.
그래야 인간관계에서 쓸데없이 감정을 소비하는 일이 줄어든다.

열여덟 번째 지혜

영웅의 진짜 모습은
조용한 헌신과 희생이다

진정한 영웅은 타인을 위해 자기 자신을 억제하고 희생하는 사람이다.
대중적으로 커다란 관심을 받는다는 이유만으로 영웅이 될 수는 없다.
영웅이라는 호칭은 엄격하게 사용될 때 더욱 그 빛을 발하게 될 것이다.

영어의 일부 단어는 오남용으로 인해 그 뜻이 무의미하거나 진부해졌습니다. 예를 들어 'awesome(굉장한)'은 10대들과 10대 흉내를 내는 어른들에 의해 그 의미가 퇴색됐습니다.

'hopefully(희망을 가지고)'라는 훌륭한 부사는 'I hope(바라건대)' 대신 사용되고 있습니다. 'utilize(이용되게 하다)'는 'use(이용하다)'라는 단어 대신 멋을 부리고 싶을 때 사용합니다. 또한 'impact(영향)', 'access(접근)', 'host(주최 측)' 같은 단어들은 원래 명사인데 은근슬쩍 동사로 사용되고 있습니다.

심지어 명사 뒤에 '-ize'를 붙여서 동사로 만드는 경우도 있습니다. 'finalize(완성하다)', 'maximize(극대화하다)', 'strategize(전략을 짜다)', 'prioritize(우선순위를 매기다)'가 그런 예입니다.

이렇게 의미가 평가절하되거나 잘못 사용되고 있는 사례들 가운데 'hero(영웅)'라는 단어의 진정한 의미가 퇴색하고 상실된 것이 개인적으로는 가장 개탄스러운 일이 아닌가 싶습니다.

요즘은 제복을 입고 죽은 사람은 모두 영웅으로 불립니다. 하지만 전장에 나간 사람들이 가장 먼저 깨닫는 것은 총이나 폭탄을 맞는 것과 얼만큼 용기가 있느냐는 무관하다는 점입니다. 전장에서의 죽음은 거의 운에 달려 있다고 해도 과언이 아닙니다. 특히 현대의 전쟁은 도로에서 폭격을 당하는 식으로 벌어집니다. 어느 차를 타고 있었느냐에 따라 운명이 갈리게 되는 것이죠.

분명 전쟁터에는 용기 있는 행동을 하는 사람들이 있고, 군대의 훈장수여 제도도 그래서 만들어졌을 겁니다(유가족의 마음을 달래주기 위한 측면도 크겠지만). 그러나 우연히 죽은 사람들을 영웅이라고 부르기는 조금 애매합니다. '선택'이라는 요소가 빠져 있기 때문입니다.

전쟁에 지원병으로 참전하는 것은 선택이지만, 보충병과 방위군은 다른 이유(대학교육 혜택, 인도주의 봉사, 1년간 2주일의 근무)로 입대를 해서 뜻하지 않게 실제전투에 참여하게 됩니다. 우연히 총탄에 쓰러지거나 차를 타고 가다가 폭탄을 맞은 사람들을 제외하고 보면 실제로 위험을 무릅쓰고 용감하게 죽은 사람의 수는 얼마 되지 않을 것입니다. 따라서 CBS 뉴스에서는 그들을 '쓰러진 영웅들'이 아니라 '불운의 병사들'이라고 바꿔 불러야 합니다. 사실, 그것이 진실에 보다 가깝기 때문입니다.

　몇 년 전, 미국의 정찰기와 중국의 전투기가 충돌해 미국 조종사들이 중국에 잠시 억류된 적이 있었습니다. 2주 만에야 조종사들은 무사히 고국으로 돌아왔고 대중매체는 조종사들의 품으로 뛰어드는 가족들에 대한 기사를 앞다퉈 내보냈습니다. 그 기사들은 베트남전쟁이 끝나고 생환한 포로들에 대한 기억을 불러일으켰습니다. 그때 우리는 그들을 보면서 "맙소사, 2주 동안이나 아이들을 만나지 못했다니!"라며 안타까워했지요.

　하지만 그들이 영웅인 것은 아닙니다. 임무를 수행하다 고초를 겪은 것은 사실이지만, 그것을 자발적인 희생이라고 볼 수는 없기 때문입니다. 그런데도 우리는 감동을 인위적으로 생산하는 대중매체가 조성한 극적인 분위기에 휩쓸려 너무도 쉽게 그들을 영웅으로 받아들였습니다.

　2002년 8월 30일, 뉴어크 국제공항은 '9·11 테러 사건으로 죽은 영웅들을 기념하는' 의미에서 뉴어크 리버티 국제공항으로 이름을 바꿨습니다. 그러나 안타까운 말이지만, 희생자들은 운이 나빴을 뿐입니다. 그들은 주식중개인, 비서, 빌딩 관리인, 음식점 종업원 등 단지 그날 직장에 출근한 사람들이었습니다. 그들 스스로가 위험에 뛰어든 것은 아닙니다. 따라서 영웅이 되기 위한 엄격한 기준을 통과할 수는 없습니다.

시민을 구하려다 죽은 460명의 소방대원과 경찰관은 어떤가요? 그들이 그 일을 직업으로 택한 것은 위험을 감수하겠다는 의미입니다. 그들은 위험에 처한 사람들을 보호하고 구출해준 용감한 사람들입니다.

하지만 건물이 예기치 않게 무너졌을 때 그 안에서 그들이 희생됐다고 해서 그들이 탈출한 사람보다 더 용감하다고는 할 수 없습니다. 실제로 대부분의 소방대원들과 경찰관들은 사람들이 영웅이라고 추켜세우자 단지 맡은 일을 하고 있을 뿐이라고 답했습니다. 겸손한 말처럼 들리지만 그것이 바로 진실입니다.

몇 년 전에 한 항공기의 조종장치가 고장나는 바람에 기장이 양쪽 날개의 엔진을 수동으로 조작해 항공기를 불시착시킨 일이 있었습니다. 그의 기술 덕분에 탑승자 3분의 2가 살아남을 수 있었습니다. 그는 영웅일까요? 그가 반복해서 말

했듯, 아닙니다. 왜냐하면 그는 스스로 그 상황을 선택한 것
이 아니기 때문입니다. 단지 그는 위기상황에서 훌륭하게
대처했을 뿐입니다.

저는 다른 사람들을 위해 위험을 자처하는 것이 영웅이
되기 위한 조건이라고 생각합니다. 영웅이 되기 위해서는
어쩌다가 운이 나빠서 죽는 것만으로는 충분하지 않은 것
입니다.

그렇다면 유나이티드 항공 93편의 탑승객들은 어떨까요?
그들은 칼을 든 테러리스트들에 맞서 팀을 조직해 조종실을
탈환할 계획을 세웠습니다. 목숨이 걸린 위기상황에서 우리
중에 누가 그런 용기를 낼 수 있을까요? 저도 그렇게 할 수
있다고 장담할 수 없습니다. 제게는 그들이야말로 진정한
영웅으로 보입니다.

또 단 몇 분이 아니라 몇 년에 걸쳐 오랫동안 비상한 용기
를 보여준 사람들은 어떤가요? 베트남전쟁에서 포로로 잡
혀 있었던 존 매케인 상원의원은 동료들을 지키기 위해 조
기석방을 거절했습니다. 병들고 장애가 있는 아이들의 부모
들은 매일 마음을 졸이면서 아무도 몰라주는 헌신과 희생을
감수하고 있습니다. 하지만 그들의 헌신과 희생은 유명인들
에 초점을 맞추는 문화에 가려져서 좀처럼 잘 보이지 않습

니다.

　자발적으로 희생을 택했든 아니든, 고난을 이겨낸 사람들
을 격려하고 위로하는 것이 왜 나쁘냐고 묻는 사람도 있을
겁니다. 물론 그렇습니다. 전쟁터에서 죽어간 병사에게 영웅
의 지위를 부여한다면 그 유가족은 무척이나 고맙게 생각할
것입니다. 유가족의 비통해하는 모습을 텔레비전을 통해 지
켜보면서 아직도 우리에게 인간미가 남아 있음을 감사하게
생각하는 사람도 있겠지요.

　하지만 우리가 이렇게 영웅이라는 단어를 아무 데나 붙이
며 평가절하하게 되면 진정한 영웅이 빛을 보지 못한다는
것이 문제입니다. 어렵고 힘든 상황에서 두려움과 이기심을
극복하고 다른 사람을 돕는 용기를 발휘한 진정한 영웅들
말입니다. 우리가 배워야 할 것은 바로 이 진정한 영웅의 모
습입니다.

　엄청난 군중을 이끌고 다니는 유명 연예인이나 운동선수,
대중매체에 의해 그럴듯하게 포장된 전쟁의 희생양들은 진
정한 의미의 영웅이 아닙니다. 그들은 우리에게 희생의 고
귀함이나 아름다운 용기에 대해서 가르쳐주지 않기 때문입
니다.

　만일 우리가 삶의 어느 순간에 맞닥트리게 될 위기를 지혜

롭게 헤쳐갈 수 있는, 그리고 다른 사람을 위해 나 자신을 희생할 수 있는 용기를 배우고 싶다면, 용기를 가르쳐줄 수 있는 진정한 영웅의 모습에 대해서 다시 한번 생각해봐야 할 것입니다.

바야흐로 영웅이 넘쳐나는 시대다.
심지어는 연예인이나 운동선수들조차 영웅으로 추앙받고는 한다.
그들의 몸짓과 의상, 헤어스타일은 어느새 모방의 대상이 되고
이들이 등장하는 무대는 언제나 환호성으로 가득 찬다.
그러나 진정한 영웅의 모습은 화려하거나 요란스럽지 않다.
진정한 영웅은 언제 어디서든 자신의 신념을 지키기 위해
일관성 있게 자신의 삶을 살아내는 사람들이다.
크든 작든 타인을 위한 헌신과 희생을
자발적으로 실천에 옮기는 사람이다.
이들이야말로 마땅히 영웅이라 불려야 할 사람들은 아닐까.
그리고 우리는 바로 이들에게서 진짜 용기를 배울 수 있어야 한다.

진정한 사랑의 관계에는
주고받는 것의 경계가 없다

누군가의 사랑을 원한다면 먼저 나 자신부터 불살라야 한다.
상대에 대한 터무니없는 기대를 줄이고 나 자신을 사랑하듯 상대를 사랑할 수 있다면
얼마든지 훌륭한 결혼생활을 할 수 있다.

결혼은 포악하다. 두 사람을 결합시키는 맹세가 그들을 고약하게 만든다. 접시를 집어던지게 하고, 문을 쾅 닫게 하고, 얼굴을 잔뜩 찌푸리게 하는 것이 결국 결혼 서약이다. 하지만 아무도 우리에게 이런 이야기를 해주지 않는다. 이 세상에 무조건적인 사랑은 부모자식 간의 사랑밖에 없다고 솔직하게 말해주지 않는다. 남녀 간의 열정은 잠깐뿐이며 3년을 가면 그나마 다행이다. 이 세상에 결혼생활처럼 외로운 일은 없다.

— 대니 사피로

사람들이 결혼하는 이유는 무엇일까요? 물론 두 사람이 함께 살면 세금공제 혜택을 받을 수 있고 역할분담을 해서 아이들을 좀 더 쉽게 키울 수 있는 등 현실적으로 유리한 점들이 여러 가지 있습니다. 또한 혼자 사는 생활의 오랜 외로

움과 이성과의 이별을 두려워하는 사람에게 결혼은 구원이기도 하겠지요. 특이한 것은 많은 사람들이 독립적이고 자유로운 독신생활의 장점을 인정하면서도 한편으로는 결혼이라는 지속적인 관계를 갈망하고 있다는 것입니다. 이는 선남선녀들의 데이트를 주선해주는 인터넷 사이트에 들어가보면 확실히 알 수 있습니다. 그 이유는 무엇일까요? 아마도 결혼생활에 낭만적이고 안정적인 요소가 깃들어 있으리라는 기대 때문이겠지요.

우리는 가까운 사람의 결혼소식을 들으면 무조건 축하해줍니다. 그리고 두 사람은 결혼이라는 급행열차에 올라타 인생에서 가장 성대하고 돈이 많이 드는 행사를 치르기 위해 달려가죠. 하지만 별거와 이혼의 위기에 있는 사람들이 하는 이야기를 들어보면 모두 결혼날짜가 다가올수록 불안감을 느꼈다고 합니다.

결혼을 앞둔 사람들은 이처럼 자신이 올바른 판단을 한 것인지에 대한 의심과 두려움을 갖기도 합니다. 하지만 대부분 결혼을 강행합니다. 이미 시작된 절차를 어떻게든 끝내려는 가족들의 의지를 꺾지 못하기 때문이기도 하겠지만 지인들에게 청첩장을 다 보냈다거나 꽃값을 지불했다거나 하는 이유가 더 클 때도 있습니다. 어떻게 보면 남들의 시선 때문에 자신의 인생을 포기한 셈이지요.

결국 확신이 없는 결혼을 하게 되면 머잖아 절반가량의 사람들은 자신이 배우자를 더 이상 사랑하지 않는다는 것을 알게 됩니다. 그들이 뒤늦은 각성을 하게 되는 이유는 불륜이나 학대 때문일 수도 있고 그저 싫증이 났기 때문일 수도 있습니다. 그들은 "우린 사이가 멀어졌어요."라든가, "다른 사람을 만났습니다."라든가, "더 이상 싸움을 하고 싶지 않습니다."라고 말합니다. 무슨 일로 부부싸움을 하느냐는 질문에는 똑같은 대답을 합니다. 자녀, 돈, 섹스, 시댁이나 친정과의 관계 등등이 원인이라는 것입니다.

그런데 부부 사이가 좋으면 이런 문제는 그저 누구나 겪는 흔한 골칫거리일 뿐입니다. 서로 더 이상 사랑하지 않기 때문에 생활의 문제들이 참아지지 않고, 싸움으로 이어지고, 나 홀로 겪는 고통처럼 여겨지는 것입니다. 엉터리 식단을 마주한 것처럼, 원하는 것은 너무 적고 원치 않는 것은 너무 많은 상황에 맞닥트리게 되는 것이죠.

이런 과정을 여러 번 겪고 나면 각자 변호사를 선임해 이혼절차를 밟게 됩니다. 마침내 이혼을 한 뒤에는 또 다른 운명을 위해 불확실한 모험을 하죠. 하지만 이들 대부분은 이러한 과정을 겪으면서도 결혼에 대해 신중해지지 못합니다.

그것은 재혼의 실패확률이 초혼보다 높은 것을 보면 분명히 알 수 있습니다.

그렇다면 결혼생활은 왜 그리 어려운 것일까요? 그것은 자라온 환경 때문일 수 있습니다. 어머니의 사랑을 너무 받아서 다른 사람의 사랑에 만족하지 못하거나, 사랑을 충분히 받지 못해 애정결핍 증세를 보이거나 유아적인 태도로 배우자의 무조건적인 사랑을 갈구하는 경우가 대표적인 예지요. 어느 쪽이든 상대에 대한 비현실적인 기대가 문제가 됩니다.

사람들이 결혼에 대해 기대와 환상을 갖는 데에는 할리우드 역시 책임이 있습니다. 사람들은 영화 속 주인공을 보면서 자신도 운명적이면서 완전한 사람을 만나게 되리라는 로맨틱한 꿈을 꿉니다. 영화 속에서 남녀 간의 사랑은 언제나 달콤하니까요.

하지만 현실은 분명 영화와 다르고 뜻대로 흘러가지도 않죠. 그럼에도 사람들은 현실을 외면한 채 자신과 잘 어울리는 누군가가 반드시 나타나 불완전한 자신을 채워줄 것이라고 믿습니다. 실제로 그럴 가능성은 많지 않은데도 말이죠. 간혹 그런 상대를 만났다는 느낌이 들어도 사람의 감정은 처음과 똑같을 수 없고 언제 어떻게 변할지 알 수 없습니다. 서로 노력하지 않는 관계는 지속될 수 없다는 말입니다. 우리는 이러한 현실을 직시해야 합니다. 일방적이고 철없는 기대는 실망만 낳을 뿐입니다.

저는 종종 배우자에 대한 불평을 늘어놓는 사람들에게 이렇게 말합니다. "배우자가 그렇게 변할 줄은 생각도 못 했겠죠."라고요. 그러면 그들은 맞장구를 치듯이 "맞아요! 그 사람이 그렇게 변할 줄은 꿈에도 몰랐어요. 제가 사람을 잘못 본 거죠!"라고 말합니다. 그러면 저는 또 이렇게 말합니다. "좋아요. 당신이 실수를 했다고 쳐요. 그런데 당신은 실수를 하면 대가를 치러야 한다는 걸 알고 있습니까? 당신은 지금 그 대가를 치르고 있는 것입니다."

물론 이런 대화가 항상 먹혀드는 것은 아닙니다. 사람들은 배우자의 잘못을 탓하려고만 하지 바로 자신이 그 사람을 택했다는 사실은 떠올리고 싶어 하지 않습니다. 하지만 성숙한 사람이라면 자신의 선택에 책임을 져야 합니다. 책임을 지려는 자세는 두 사람 사이의 갈등을 잘 풀어내기 위한 첫 단계입니다. 누구든 실수를 하며 삽니다. 하지만 실수를 한 뒤의 행동은 많이 다릅니다. 현명한 사람은 자신의 실수를 인정하고 교훈으로 삼지만, 그렇지 않은 대부분의 사람들은 상대 탓만 하고 좀처럼 자신의 실수를 인정하려 하지 않습니다.

부부간에 불화가 생길 때 상대 탓만 하는 사람들을 보면 과연 그들이 결혼할 자격이 있는 사람인지 의문스럽습니다. 이들의 결혼생활을 보면 받는 만큼 주는 서비스 계약을 닮았다는 느낌이 듭니다. 심지어는 서로 얼마나 받고 주었는지 계산하기 위해 점수를 기록하기도 합니다. "지난번에는 내가 장을 봐왔으니까 이번에는 당신 차례예요."라는 식으로 따지는 것은 부부 사이에 문제가 있다는 증거입니다.

마찬가지로 부부관계의 횟수나 방법에 대해 이러쿵저러쿵하는 것도 문제가 있습니다. 사람들은 이런 관계에 다른 일반적인 관계에서나 볼 수 있는 규칙을 적용시키고는 합니다. 주는 만큼 받을 자격이 생긴다고 보는 것이죠. 불행하게도 이들에게는 자신을 기꺼이 내어주는 친절과 자발성이 없습니다. 지금 제가 희생을 말한다고 생각할 수도 있지만 그렇지 않습니다. 진정으로 사랑하는 관계에서는 주는 것과 받는 것의 경계가 흐려지고, 심지어는 상대방의 욕구와 욕망도 내 욕구와 욕망처럼 느껴지니까요.

결혼은 '끝없이 타협해야 하는 관계'라는 통념이 있습니다. 하지만 저는 이것이 부부가 추구할 목표라기보다는 소위 '전문가'들이 결혼에 대해 말하는 상투적인 표현처럼 들립니다. 순진하고 낭만적인 생각이라고 할지 모르겠지만, 저는 상대에 대한 터무니없는 기대를 줄이고 상대를 나 자신을 사랑하듯 사랑할 수만 있다면 얼마든지 훌륭한 결혼생활을 할 수 있다고 믿습니다. 누군가의 사랑을 원한다면 먼저 자신부터 불살라야 하는 것입니다. 그것이 도리입니다. 그리고 만일 그렇게만 할 수 있다면 결혼생활은 더 이상 '고역'이 되지 않을 것입니다.

누구나 배우자는 특별한 사람으로 인식하고
그래서 더 특별한 것을 더 많이 바라게 된다.
바로 이러한 과도한 기대가 실망을 부르고,
실망이 쌓여 증오가 된다.
하지만 바로 특별한 사람이기 때문에
어떠한 계산도 끼어들어서는 안 된다는 점은 왜 모르는가?
왜 상대에게 받은 것과 내가 준 것을 비교하며 애정을 저울질하는가?
이것은 서로를 진정으로 사랑하지 않기 때문이라는
이유 말고는 달리 설명할 길이 없다.
지금 스스로에게 물어보라.
당신은 당신의 배우자를 '진정으로' 사랑하고 있는가?

스무 번째 지혜

인간은 절대 혼자 살 수 없다

요즘은 결혼보다 자유로운 연애를 더 선호하는 것처럼 보인다.
하지만 자유 연애의 신봉자들조차 영원한 사랑을 약속해줄 사람을 찾고 싶은 욕망을 갖고 있다.
그것은 논리적으로 설명되지 않는 본성에 가깝다.
결혼을 하든 하지 않든 오랫동안 혼자서도 행복할 수 있는 사람은 많지 않다.

최근 독신가정이 크게 늘고 있다는 통계자료가 보도된 바 있습니다. 부부가 함께 사는 가정이 채 절반도 되지 않는다고 합니다. 많은 사람들이 '비전통적'인 방식으로 생활하고 있는 셈입니다. 어떤 사람들은 짝을 찾는 동안 일시적으로 혼자 살기도 하지만, 어떤 사람들은 자신의 의지에 따라 독신으로 살기도 합니다.

그런데 사람들이 독신자들에게 보이는 관심은 20~30대의 젊은이들에게로 몰려 있습니다. 그들은 어디를 가나 환대받으며, 마음껏 자유를 펼치며 삽니다. 반면 장기간의 결혼생활 끝에 실패를 겪고 어쩔 수 없이 익숙하지 않은 홀로서기를 하느라 애쓰는 중년의 독신들은 사람들의 관심을 끌지 못합니다.

상대방이 떠난 것이든 자신이 떠난 것이든, 희망을 갖고 오랜 세월을 함께 살아왔을 관계가 무너졌다는 것은 당사자들에게 충격적인 경험임에 틀림없습니다. 경제적으로 힘들거나 자녀를 키우는 문제가 복잡해지면 정서적인 상실감은 더 심해집니다. 다들 이 사실을 알기에 애써 불행한 결혼생활을 유지하는 것인지도 모르겠습니다.

우리는 일정한 나이가 되면 결혼을 해서 가정을 꾸미고 사는 것을 너무 당연하게 생각합니다. 그래서 그런지 일정 나이가 지났는데도 혼자 사는 사람을 보면 뭔가 결함이 있는 것처럼 생각하고는 합니다. 그래서 많은 사람들이 짝을 만나게 해주는 단체로 모여드는 것인지도 모릅니다.

미국에서는 현재 4천만 명이나 되는 사람들이 온라인 데이트 서비스를 이용하고 있다고 합니다. 이러한 사이트는 일반적인 방식을 통해서는 사람들을 만날 시간이 없거나 인내가 부족한 사람들을 위해 '속성 만남', '침묵 만남', '어둠속의 만남'과 같은 희한한 방식들을 준비해놓고 있다고 합니다.

한편 독신으로 살겠다는 의지가 강력한 사람들 역시 자신들만의 사회적인 네트워크를 구성하기도 합니다. 물론 그렇게 하는 이유는 '커플 나라의 폭정'에 맞설 수 있는 힘을 기름으로써 자유롭고 행복한 독신생활을 하기 위해서입니다.

저는 이러한 상황을 지켜보면서 행복의 본질과 조건은 과연 무엇인지 생각해봅니다. 행복의 여러 조건들 중 사람들이 가장 열심히 추구하는 것은 아마도 장기적인 이성관계를 형성하는 일일 것입니다. 어쩌면 자손을 번식시키고자 하는 잠재적 욕구가 다른 어떤 욕구보다 우선하기 때문인지도 모르겠습니다. 물론 아이를 갖는 것이 더 이상 가능하지 않거나, 아이를 원하지 않는다 해도 친밀한 동반자관계를 원하는 심리적 욕구는 지속됩니다.

오랫동안 혼자서 행복하게 살 수 있는 사람은 그리 많지 않습니다. 혼자 행복하게 살기 위해서는 신앙이나 탐험, 그리고 모험 같은 의미 있는 강력한 대안이 필요하기 때문입니다. 그래서 대부분의 사람들은 계속해서 사랑하고 사랑받기를 원하며, 그렇게 되지 못하면 낙담과 비관에 빠집니다.

그런데 재미있는 것은 혼자 남겨진 사람이라도 배우자와 사별한 사람은 죽은 배우자에 대한 사랑과 추억으로 비교적 잘 지낸다는 점입니다. 더 이상 상대가 눈에 보이지는 않지만 그에 대한 애틋한 감정이 혼자서도 잘 지낼 수 있도록 힘이 되어주는 것입니다. 그러나 이혼을 한 경우는 다릅니다. 실패의 감정과 상대에 대한 원망으로, 차라리 처음부터 사랑을 하지 않았으면 더 나았을 것이라고 후회를 하고는 합니다.

어쨌든 제 경험으로 보면 겉으로는 안 그런 척해도 짝을 만나고 싶어 하는 마음은 누구나 갖고 있는 것 같습니다. 사회생활도 잘하고 친구도 많은 독신자가 결국 사랑하는 사람을 찾는 이유는 단지 사회적인 압력과 부모의 잔소리 때문만은 아닐 것입니다.

우리는 누군가가 자신을 지켜주고 자기 몸처럼 아껴주기를 바랍니다. 무조건적인 사랑을 원하는 것입니다. 물론 자신을 낳아준 부모가 아닌 이상 그런 사랑을 기대하는 것은 터무니없는 일입니다. 때문에 대개의 경우 그보다 덜한 사랑에 만족하고는 하는데, 연인관계가 그런 기대를 충족시켜 줍니다. 특히 만난 지 오래된 사람들 간에는 서로 서비스를 주고받기로 합의한, 일종의 계약관계가 성립되어 있는 것처럼 보입니다. 전통적인 의미에서 이 합의는 남자가 돈을 벌어오고 여자는 가사와 아이들을 돌보는 것이었습니다. 거기에 정기적으로 부부관계를 맺고 아이들을 키우며, 자기 스스로와 사회의 기대를 충족시키는 안정적이고 경제적인 동업자로 지내는 것입니다.

하지만 시간이 지나면서 여성이 경제적 독립을 위해 사회활동을 계속하게 되고, 안전한 피임법으로 아이 갖는 것을 뒤로 미룰 수 있게 되며, 부부가 맡은 역할의 경계가 무너지

기 시작했습니다. 남자도 가사와 육아에 대한 책임을 지게
됐고, 여성도 가정 내에서 경제권과 의사결정권을 갖게 됐
습니다. 또한 이혼이 점점 쉬워지고 떳떳한 일이 되면서 남
자든 여자든 더 이상 사랑하지도 존경하지도 않는 사람과
함께 살아야 할 이유나 명분이 없어졌습니다. 그런데 아이
러니한 점은, 그 결과 독신자보다 재혼자가 더 많아졌다는
것입니다.

1960년대에 결혼제도에 대한 여러 가지 대안들이 나와 유
행했지만 결국 어느 것도 소용이 없었습니다. 각자의 책임
을 구체적으로 명시한 결혼계약서를 작성하거나 서로 사랑
하는 동안에만 함께 지내기로 하는 각서를 쓴 사람도 있었
습니다. 하지만 이들 역시 그런 사실을 입 밖에 내는 것은 꺼
려했습니다. 아마 사람들은 지속적인 약속을 더 좋아하는
것 같습니다. 비록 그 약속을 지키는 사람이 절반에 불과하
다고 해도 말입니다.

자유롭게 성관계를 가질 수 있고 여행을 함께할 친구들이
있다면 굳이 결혼을 해서 거추장스러운 가족관계를 맺을 필
요가 있느냐는 주장은 결혼을 하지 않을 이유에 대한 근본
적인 설명이 되지 못합니다. 영원한 사랑을 약속할 사람을
찾으려는 욕망은 논리적으로는 설명이 되지 않습니다. 심지

어 우리는 그런 사람을 만나야만 스스로 정상적인 삶을 살고 있다고 믿게 됩니다. 비록 그 관계가 오래 지속되지 않을지라도 말입니다. 사람은 누구나 혼자 살도록 되어 있지 않다는 것, 그렇기에 헤어짐을 반복하면서도 불멸의 사랑을 꿈꾼다는 것, 그것은 운명에 가깝습니다.

요즘은 이혼을 하는 사람들을 쉽게 볼 수 있다.

그들의 이야기를 들으면 결혼생활은 아주 끔찍한 일처럼 느껴진다.

그런데 재미있는 일은 결혼에 대해 그렇게 지긋지긋하게 말하던 사람이 얼마 안 가 다른 짝을 찾아 재혼을 한다는 것이다.

이는 아마 인간이 지닌 원초적인 나약함 때문일 것이다.

아무리 강한 척해도 혼자는 살아갈 수 없는 것이 인간이다.

서로가 서로에게 영원한 사랑을 갈구하며 함께 살아간다는 것,

이것이 우리 삶이 지닌 비밀의 총체가 아닐까?

모든 번뇌의 시작도 사랑이요, 모든 행복의 근원도 사랑이다.

사랑하려거든 부디 더 많이, 후회 없이 사랑하라.

아이들은 친구 같은
부모를 원한다

재혼한 사람들이 가장 먼저 부딪치는 문제 중 하나는 자녀교육이다.
부모의 이혼으로 인한 상처를 가진 아이들과 잘 지내기란 쉽지 않은 일이다.
이때 최선의 방법은 가르치려 드는 대신
감정적으로 친밀한 친구 같은 사이가 되는 것이다.

요즘은 이혼율과 재혼율이 높아져 자신이 낳지 않은 아이를 키우는 사람이 많습니다. 쉬운 일은 아니겠지요. 이혼가정의 자녀들을 상담해보면 대부분 친부모가 불행한 결혼생활을 했다는 것을 알면서도 재결합하기를 바라고 있습니다. 부부싸움이 잦은 가정에서 아이들을 키우는 것이 바람직하지 않은 것은 분명합니다. 하지만 아이들은 부모의 재결합이 불가능하다는 것을 알면서도 한동안 부모와 다시 사는 꿈을 꿉니다.

그런데 이혼한 부모가 재혼을 하면 아이들은 더 이상 이런 기대를 가질 수 없게 됩니다. 꿈은 깨지고 또다시 깊은 상실감을 겪게 되지요. 사실 이혼 당사자들에게도 상대방의 재혼은 그리 유쾌한 일은 아닙니다. 자신은 재혼을 전혀 고려하고 있지 않았다면 배신감마저 들 수 있습니다. 저는 이혼을 한 지 2년 후에 전처가 재혼한다는 소식을 들었습니다.

우리는 이혼 후에도 아이들을 위해 사이좋게 지내려고 최선을 다했습니다. 그러다가 그녀의 재혼 이야기를 들었을 때 저는 축하해주지는 못할망정 원망하는 말투로 이렇게 말하고 말았죠. "이제 당신도 재혼을 한다니, 우리 사이가 점점 더 멀어지고 있는 것 같아."

만일 부모의 이혼 과정이 고통스러웠고 아이들이 볼모로 이용당했다면 아이들은 새로운 부모를 받아들이기가 더 어려울 수 있습니다. 의붓아버지나 의붓어머니가 충고라도 한마디 하려 하면 아이들은 당장 거부반응부터 보입니다. "당신은 내 아버지가 아니에요!"라고 외치며 존재 자체를 부정하려 듭니다.

아이들의 반항에는 부모의 이혼에서 받은 상처, 양쪽 집을 오가며 느끼게 되는 고달픔, 부모가 벌이는 신경전으로 인해 이러지도 저러지도 못하는 사면초가의 아픔이 담겨 있죠. 아이들은 친부모보다는 의붓아버지나 의붓어머니에게 화를 더 많이 냅니다. 그것이 훨씬 더 쉽고 감정적으로도 편하기 때문입니다.

한편 재혼한 이들은 새로 생긴 자식을 사랑하는 법을 배우느라 끙끙대고 자신이 처한 모호한 입장 때문에 당혹해합니다. 서로 다른 교육철학을 갖고 있는 배우자와 타협해야 하고, 혼란에 빠진 아이들의 반항적이고 적대적인 반응에 대처해야 합니다. 각자 자신이 낳은 아이들을 데리고 재혼한 '혼합 가족'이라면 친자녀에 대한 편애로 상황은 더 복잡해질 수 있습니다.

그렇다면 이때 최선의 전략은 무엇일까요? 제 경험에 의하면, 아이들의 교육은 친부모에게 맡기는 것이 제일 좋습니다. 비록 친부모인 배우자가 아이를 방치하더라도 가능한 한 간섭하지 않도록 노력해야 합니다. 한 의붓어머니는 이렇게 질문합니다. "남편의 아이가 함부로 행동하는데 남편이 그 자리에 없을 때는 어떻게 해야 하죠?" 답은 '아무것도 하지 않는다.'입니다. 아이들 대부분은 의붓아버지나 의붓어머니의 간섭을 심리적으로 받아들이기 어려워합니다. 그런데도 계속 간섭한다면 서로를 존중하고 이해하는 관계를 형성하기가 점점 더 어려워집니다.

전래동화에 나오는 계모가 항상 사악한 이유가 무엇이라고 생각하나요? 아이들이 새엄마가 친엄마보다 못하다고 생각하기 때문입니다. 아동 성학대의 대표적인 가해자는 누구일까요? 바로 계부입니다. 재혼해서 생긴 자식을 자신의 친자식처럼 사랑할 수 없다는 것은, 안타깝지만 이미 우리 사회의 통념으로 자리 잡은 것 같습니다.

계부나 계모가 아이의 친부모에 대해 비판하지 말아야 하는 것은 두말할 나위도 없습니다. 친부모에 대한 비판은 아이들에게 큰 상처를 줍니다. 아이들 대부분은 친부모 편을 들고, 만일 계부나 계모가 친부모 역할을 대신하려고 하면 방어적인 자세를 취합니다. 아이들에게는 새로 생긴 아버지나 어머니를 어떻게 불러야 하느냐 하는 문제 또한 고통스러울 수 있습니다. 만약 일방적으로 '아빠'나 '엄마'라고 부르도록 강요한다면 반항심을 자극할 수 있습니다.

이 모든 상황을 감안해볼 때, 의붓자식에 대한 최선의 전략은 잔소리를 하지 않는 친구 같은 관계를 형성하는 것입니다. 정서적으로는 가까이 다가가되 일반적인 부모자식 간에 일어나는 충돌은 피해야 합니다. 그리고 직접적인 교육은 아이의 친부모에게 맡기는 것이 바람직합니다. 이런 관계를 형성하면 아이의 버릇을 고치고 가르쳐야 한다는 책임감에서 벗어날 수 있고, 아이의 원망도 사지 않을 수 있습니다. 결과적으로 아이들과 훨씬 우호적인 관계를 맺게 됩니다.

어린 시절을 계부나 계모와 함께 살았던 사람들의 이야기를 들어보면 가장 고맙게 생각하는 것이 자신을 위해서 항상 같은 자리에 있어주었다는 것입니다. 이는 계부나 계모가 아이들에게 부모자식 관계를 떠나 우호적이고 객관적인 관점을 제공하는 특별한 존재가 될 수 있다는 것을 잘 설명해줍니다. 이는 재혼을 했어도 엄연히 부모라며 어떻게든 부모 노릇을 잘해내기 위해 욕심을 부리는 사람들에게 매우 뜻깊은 조언입니다.

일반적으로 계부나 계모에게 주는 지침은 모든 인간관계에 적용되는 조언과 다르지 않습니다. 인간관계란 원래 어려운 것이므로 열심히 노력하면서 힘을 달라고 기도하라는 것이죠. "인간관계가 반드시 어려운 것은 아니다. 만일 어렵다면 당신의 방식을 재평가해볼 필요가 있다."는 조언은 좀처럼 들을 수 없습니다.

저는 이런저런 자기계발 관련 산업들이 인생은 힘들게 살다가 떠나는 것이라는 인생관에 의존하고 있다는 생각을 종종 합니다. 만일 그것이 사실이라면 우리에게는 분명 많은 지침과 조언이 필요할 테니까요. 하지만 그런 인생관 덕분에 책이 팔릴지는 모르겠지만 그로 인해 사람들의 기대감은 낮아지고 스트레스 수준은 올라갑니다.

계부나 계모의 역할도 마찬가지입니다. 미리부터 어려울 것이라고 단정하지 마세요. 더 많은 노력을 해야 할 것이라는 생각도 버리세요. 당신이 '부모'로서 더 많은 노력을 하면 할수록 아이들은 뒷걸음질칠 것입니다. 아이들의 상처에 공감하되 과장된 친절을 베풀거나 동정하지는 마세요. 그저 아이들이 스스로 극복할 수 있도록 옆에서 친구가 되어주세요. 지금 당신에게 필요한 것은 약간의 유머감각과 친화력, 단지 그뿐입니다.

재혼한 부부는 이혼이라는 아픔을 겪었기 때문에
다시 시작한 가정에 남다른 애정을 보인다.
다시는 가정을 깨트리고 싶지 않은 마음 때문이다.
하지만 친자식이 아닌 아이들을 돌봐야 하는 새 부모들은
어쩔 수 없이 여러 가지 난관에 부딪친다.
이럴 때는 상황을 그대로 내버려두는 것도 괜찮다.
세상일 중에는 시간이 흐르면 저절로 정리되는 것도 있기 때문이다.
특히 사람의 감정이 바뀌는 데에는 시간의 힘이 더욱 필요하다.
상대에 대한 애정이 넘친다고 해서 자신의 방법이 옳은 것은 아니다.
때에 따라서는 섣부른 위로나 충고보다
무언의 믿음으로 지켜보는 것이 상대에게 위로와 힘이 된다.

스물두 번째 지혜

노년의 아름다움은
외면이 아니라 내면에 있다

노인의 외면은 젊은이들과 비교하면 아름답지 않지만
그 내면에 깃든 삶의 여유와 관록은 또 다른 아름다움을 만들어낸다.

우리는 단지 아름다움을 발견하기 위해
존재한다. 다른 모든 것은 기다림에 불과할 뿐.

―칼릴 지브란

우리는 늙어간다는 사실을 죽음만큼이나 두려워합니다.
실제로 많은 사람들이 육체적인 매력의 상실, 병치레, 늘어
나는 의존심, 인지능력의 저하 등과 같은 노화의 증거들에
두려움을 느낍니다. 그래서인지 비교적 젊은 나이에도 주름
살, 탈모, 체중증가 등에 대해 고민하는 사람들이 늘어나고
있습니다. 물론 이들은 자신의 육체적인 노화와 싸우기 위
해 많은 노력을 하고 비용도 아끼지 않습니다. 이러한 세태
를 잘 반영하듯 요즘은 서른만 넘으면 가장 듣고 싶어 하는
말이 나이보다 젊어 보인다는 말이라고 합니다. 그러나 이
것은 우리 사회가 내용보다는 형식을 중요하게 생각한다는

또 다른 증거일 뿐입니다.

사람들 대부분이 오래 살기를 바라면서도 나이 먹는 것을 두려워하는 것은 아이러니합니다. 왜 다들 나이 드는 것을 초연하게 인정하지 못하는 걸까요? 아마 노인들을 백안시하는 사회풍조 때문인지도 모르겠습니다. 물론 노화를 듣기 좋게 표현하는 단어들도 있기는 합니다. '황금기', '연장자' 같은 표현들이 그러한 예입니다. 하지만 그 속내를 들여다보면 꼭 그렇지만도 않은 것 같습니다. 예를 들어 '황금기'라는 표현은 나이가 들면서 불가피한 상실을 경험하는 노인들이 블랙 유머로 사용하고는 합니다. '연장자'라는 말은 마치 노인들의 지위를 높여주는 것처럼 생색을 내지만, 실상은 아무 의미도 없는 표현일 뿐입니다.

사회에 존재하는 세대 간의 갈등을 감지하는 것은 그리 어려운 일이 아닙니다. 노인들의 느린 동작과 무능함에 대한 농담, 운전에 부적합한 나이가 얼마인지를 놓고 벌이는 토론, 나이를 근거로 한 폄하와 차별 등에서 언젠가 자신도 늙는다는 것을 생각하지 못하는 젊은이들의 마음이 잘 드러납니다.

노인들도 젊은 세대의 취향과 행동에 대한 아량이 부족하기는 마찬가지입니다. 노인들은 젊은이들의 자유분방한 음악과 무례한 행동을 못마땅해합니다. 그러나 이런 못마땅함 뒤에는 아마도 젊은이들이 누리는 특권을 부러워하는 마음과 자신들이 잃어버린 것을 아쉬워하는 마음이 감춰져 있을지도 모릅니다. 자신이 동경하는 것을 가진 사람을 보면 배가 아픈 것이 사람의 심리니까요. 그나마 동경하는 것이 나중에라도 얻을 수 있는 것이라면 인내의 미덕으로 스스로를 위로할 수 있을 것입니다. 하지만 노인들에게 젊음은 헛된 희망일 뿐입니다.

그렇다면 늙으면서 잃는 것 대신 얻는 것은 없을까요? 여가시간이 많아진다고요? 그렇다면 여가시간을 어디에 사용할 건가요? 경제적으로 안정된다고요? 그래서 뭘 할 건데요? 노력의 짐에서 벗어난다고요? 그러면 이제부터는 세상과 어떻게 관계를 맺어갈 건가요?

나이를 불문하고 세상으로부터 멀어지는 것은 두려운 일입니다. 아이들도 이 점은 잘 알고 있는 것 같습니다. 아이들은 관심을 받지 못하느니 차라리 벌을 받는 쪽을 택합니다. 아무도 관심을 기울이지 않는다고 느끼면 그 상황을 견디지 못할 뿐 아니라 화를 냅니다. 그런 식으로라도 관심을 끌려는 것이지요. 소외감을 느끼는 아이들은 때로 무서운 범죄를 저지르고는 합니다.

노인들 역시 똑같습니다. 경제적 활동을 못 하게 된 많은 노인들이 목적의식을 상실한 채 시설에 격리되어 살아갑니다. 이들은 쇠락과 죽음의 그림자에 갇혀 침묵을 강요당하는 듯한 느낌을 받게 됩니다. 기껏해야 가족들이 잠깐씩 마지못해 들여다볼 뿐이기 때문입니다.

그렇다면 노인들이 갖고 있던 아름다움은 다 어디로 간 것일까요? 모든 가치 있는 인간적 특성들(용기, 친절, 의지, 품위 등)과 마찬가지로 아름다움 역시 그것을 볼 수 있는 눈을 가진 사람에게만 보입니다. 그러나 눈에 보이는 것만을 중시하는 세태로 인해 우리는 아름다움을 젊은이들의 것으로만 알고 있는 경향이 있습니다. 물론 이 세상은 매력적인 사람들이 좀 더 수월하게 살 수 있는 곳입니다. 그들에게는 말 그대로 문이 활짝 열려 있습니다. 우리는 이런 사람들이 지능과 동정심 같은 미덕까지 두루 갖추고 있다고 착각합니다. 이를테면 많은 사람들이 잡지 표지를 장식하는 많은 배우들을 한 명의 인간으로 이해하는 것이 아니라 극중 인물로 혼동하는 것입니다.

상황이 이러니 우리가 우상으로 여기는 사람들이 몸에 독소를 주입하면서까지 물불 가리지 않고 젊은 외모를 유지하려 하는 것이 그리 놀랄 일만은 아닙니다. 놀라기는커녕 오히려 많은 사람들이 그들을 모방하기까지 합니다. 그러나 이러한 노력들도 결국 패배할 수밖에 없고, 우리의 몸과 정신은 결국 시간이 지배하게 됩니다. 우리가 제대로 된 눈을 갖고 있다면 늙어가는 일에도 보상이 따른다는 것을 볼 수 있습니다.

에릭 에릭슨은 '사회심리학적 발달의 8단계'라는 이론에서 65세 이후의 삶을 '성숙'의 단계라고 명명했습니다. 그는 본질적으로 '자아실현 욕구와 절망'이 대립하는 이 시기의 중요한 과제가 '삶과 죽음에 대한 성찰과 수용'이라고 말했습니다. 그리고 이 과제가 추구하는 것은 어느 정도의 자아실현과 우리가 떠난 후에도 세상에 남아 있을 사람들과 화해하는 것이라고 말했습니다.

하지만 이러한 공식에는 노년의 일부가 될 수 있는 창의성이나 에너지에 대한 이해가 빠져 있습니다. 사실 은퇴한 이들은 신체적으로나 정신적으로 완전히 쇠약해져 더 이상 취미생활이나 여가를 즐길 수 없을 거라는 것이 통념입니다. 노인들이 다음 세대에 전해줄 수 있는 교훈에 대해서도 전혀 관심이 없습니다. 따라서 노인들 역시 이러한 기대에 부응하기 위해 다른 사람들에게 뭔가를 남겨주는 것도 없이, 가능하다면 그저 '즐기고' 살다가 죽을 준비를 하게 됩니다. 당연히 이런 삶 속에는 노년의 아름다움이 사라지고 맙니다.

그래서 저는 노년을 보내는 방법으로 골프를 줄이는 대신 의사소통을 더 많이 할 것을 제안해봅니다. 지나간 삶을 돌아보면서 그 의미를 되새길 수 있고, 이루지 못한 꿈과 실수에 대해 스스로를 용서할 수 있으며, 과거와 화해함으로써 사랑하는 사람들에게 세속적인 자아를 어떻게 떠나보내야 하는지 좋은 본보기를 보여줄 수도 있기 때문입니다.

노년을 아름답게 마무리하는 구체적인 방법으로 회고록을 만들기도 합니다. 그동안 살아온 이야기를 기록하고, 여기에 오래된 사진을 곁들여 멋진 책으로 만든 후 가족들에게 나누어주는 것입니다. 회고록을 만들며 스스로 지나간 삶을 차분히 정리하는 기회를 갖게 될 뿐만 아니라 앞으로 남은 생을 의미 있게 살아갈 힘도 얻게 됩니다. 여기에 자손들에게 선대의 삶을 이해하고 존경할 기회까지 줄 수 있으니 그야말로 일석이조인 셈입니다.

실제로 제 친구는 자신의 회고록을 만들면서 마지막을 다음과 같이 끝맺었습니다. "내가 부족한 점이 많은 아버지였음에도 불구하고 우리 아이들은 모두 훌륭하게 자라주었다. 모두들 나보다 훨씬 성공했고 자상한 부모가 됐다. 이제 각자 자리도 잡았고, 사는 모습들도 행복해 보인다. 명절과 특별한 행사가 있을 때마다 함께 모이고 서로 잘 지내는 것을 보면 정말 대견하다. 내가 살아온 삶과 잘 자라준 너희들이 자랑스럽다. 지금까지 충만하고 보람된 삶을 살았노라고 자신 있게 말할 수 있다."

나이가 든다는 것은 인간으로서 완전에 가까워지는 것이다.
무엇보다 내면이 가득해진다는 의미다.
노년의 평온과 넉넉함과 지혜로움은 늘 허둥대며 살던
젊은 시절에 비하면 너무나 고마운 평화다.
그런데 왜 서운함과 무기력함만을 생각하는가.
왜 인생에 도움이 안 되는 어둡고 칙칙한 것들만 생각하는가.
내면의 힘과 아름다움은 인생을 온전하게 겪어낸 사람들에게만 온다.
우리의 온전한 내면을 가꾸고 그곳으로 돌아가자.
그곳이 우리의 진정한 안식처이기 때문이다.

스물세 번째 지혜

늙는다는 사실을 직시할 때
인생의 품위를 지킬 수 있다

나이가 들면서 다가올 죽음에 대한 한탄과 두려움에 사로잡혀
자기 삶에 대한 주도권을 상실하는 사람들이 많다.
나이 들 때 가장 필요한 것은 '늙는다' 는 사실을 직시할 수 있는 용기다.
그것이 우리가 마지막까지 품위를 유지하며 살 수 있는 유일한 방법이다.

전 세계적으로 노령화가 급속히 진행되고 있다고 합니다. 미국만 해도 65세 이상 노인인구가 3천 5백만 명으로 전체 인구의 13퍼센트를 차지하고 있습니다. 이 숫자는 점점 늘어나고 있으며 베이비붐 세대가 합류하는 2030년이 되면 7천만 명에 이를 것이라고 합니다.

저는 최근 들어 노령화사회에 대해 많은 관심을 갖게 됐습니다. 정신과 의사로서 노인환자들과 상담하면서 자연스럽게 관심이 생기기도 했지만, 사실은 저 역시 나이를 먹다 보니 노인 문제가 남의 일처럼 생각되지 않은 거지요.

우리가 살면서 만나게 되는 위험 중 하나는 자신도 모르는 사이에 사회적 통념을 따라가는 것입니다. '어떤 나이가 되면 어떻다더라.'라는 식이죠. 이를테면 10대들은 반항적이고, 신혼부부는 철이 없고, 부모의 짐은 무겁고, 중년은 조심스럽고, 은퇴자들은 게으르다고 생각하는 것입니다. 젊은 시절, 사람들은 은퇴 이후에도 활기차고 보람 있는 생활을 하리라 다짐하며 이런저런 계획을 세우고는 합니다. 자신은 늙어서도 천덕꾸러기가 되지 않을 자신이 있다고 말하면서요. 하지만 어느새 노년이 되어 자신을 돌아보면, 젊은 시절에는 상상조차 하기 싫어했던 고리타분한 모습이 되어 있기 십상입니다.

세월은 우리를 감싸고 있던 여러 가지 포장들을 벗겨내 초라한 마음이 들게 합니다. 기력이 떨어지면서 병들고 죽는 것에 대한 두려움은 더욱 커집니다. 그런 이유로 노화방지 화장품, 주름 제거 성형수술, 터무니없는 건강 보조 식품에 엄청난 돈을 쏟아부으며 노화와 죽음에 관한 눈에 보이는 증거를 없애기 위해 헛된 시도를 하기도 합니다. 그러나 우리에게 필요한 것은 노화를 지연시키려는 노력이 아니라 늙는다는 사실을 직시하는 용기일 것입니다.

은퇴한 노인들에게는 한가한 시간이 많아집니다. 사회활동이 거의 없어지는데다 자녀들도 바쁘다는 이유로 잘 찾아오지 않기 때문입니다. 그래서 노인들은 이것저것 간섭하고 불평하는 일로 시간을 보내기 일쑤입니다. 그런데 사람들은 젊은 사람이 불평을 하면 뭔가 발전을 하려는 것이겠거니 하지만, 노인들의 불평은 성가신 잔소리로 받아들이지요. 슬프지만 그것이 현실입니다.

저는 종종 부모와 대화하기를 두려워하는 사람들을 만납니다. 그들의 말을 들어보면 노인들은 자식들의 사소한 문제에까지 관여하려 하고, 여기저기 아프다는 소리만 늘어놓는다고 합니다. 아무리 사랑하는 가족이지만 의학의 힘이 닿지 못하고, 달리 도와줄 방법도 없는 상황에서 되풀이되는 불평을 듣는 것은 괴로운 일입니다.

제가 아는 한 중년 여성은 어머니의 불평과 잔소리에 지친 나머지, 어머니와 통화를 할 때는 수화기를 내려놓고 듣지도 않고 있다가 가끔씩 수화기를 집어 들고 "알아요, 엄마."라고 말한 뒤 다시 내려놓는다고 합니다. 저는 실제로 나이 든 부모와 '의사소통'이라고 할 수 없는 길고 지루한 대화를 해야 하는 처지에 있는 사람들에게 이 방법을 권하기도 합니다.

나이가 들면 생활반경이 줄어들면서 의욕도 함께 줄어듭니다. 예를 들어, 제가 만나는 노인들 중 상당수는 컴퓨터를 할 줄 모릅니다. 조사에 의하면 65세 이상의 사람들 중 31퍼센트만이 인터넷과 이메일을 사용하여 그들 나름대로의 시간을 보내고 세상과의 소통을 이어간다고 합니다(다음 세대의 노인들이라고 할 수 있는 50~65세의 경우는 70퍼센트). 어쨌든 그들이 텔레비전을 세상과의 유일한 통로로 삼은 채 살아간 다는 것은 서글픈 일입니다.

나이가 들었다고 해서 시시콜콜한 일들에 쓸데없이 간섭 하고 질병과 죽음에 대한 두려움으로 푸념만 늘어놓고 사는 이는 어떤 누구도 가까이 하고 싶지 않을 것입니다. 저는 오 래 살고 싶다는 소원을 이미 이룬 노인들에게 앞으로 남은 인생을 품위 있게 지내기 위한 몇 가지 제안을 하고자 합니 다(저에게 하는 말이기도 합니다). 이 제안을 흔쾌히 받아들이고 잘 지켜낼 수만 있다면 우리는 반드시 아름다운 노년을 보 낼 수 있을 것입니다.

1. 질병과 죽음에 대한 불평과 엄살을 그만둬라. 몇 세대 전이
   었으면 우리는 이미 10년 전에 죽었을 몸이다.
2. 시간 가는 줄 모르게 열중할 수 있는 일을 찾아라.
3. 중병에 걸리지 않았으면서도 1년에 열 번 이상 병원을 찾고
   있다면, 병원 가는 것을 잊어버릴 만한 새로운 취미를 갖도
   록 노력하라.
4. 누군가 우리의 젊은 시절에 대해 알고 싶다면 이야기를 해
   달라고 부탁할 것이다. 그러니 누군가가 이야기를 해달라
   고 부탁하기 전에는 절대 하지 마라.

5. 유혹을 피하기 위해 특별히 애쓰지 마라. 나이가 들면 유혹이 우리를 피할 것이다.

6. 품위 있게 죽는 것에 신경 쓰지 말고, 사는 동안 품위를 유지하기 위해 노력하라.

어쩌면 나이를 먹는다고 쓸쓸한 감정이 드는 것은
사회적 통념 때문인지도 모른다.
사회적 분위기가 노인들을 위축되게 만드는 것은
아닌가 하는 생각이 드는 것이다.
사실 늙는다는 것은 단지 우리의 존재가
오래되었다는 것을 의미할 뿐이다. 육체적으로 기력이 떨어질 수는
있겠지만 그것 때문에 쓸쓸해할 필요는 없다.
나이를 먹는다는 것에 대해 생각할 때
질병, 죽음, 소외라는 어둡고 부정적인 것들은 버리고
깨달음, 삶의 완성, 아름다운 마무리라는
밝고 긍정적인 것들을 떠올려보라.
어떤 조건에서든 삶을 적극적으로 살아내는 일은
분명 값지고 아름다운 일이다.

죽음에 대해 생각하는 것은
곧 삶에 대해 생각하는 것이다

자신의 부고를 써본 적이 있는가.
죽음은 늘 우리에게 생에 대한 진실을 들려준다.

늙어가고 있다는 명백한 증거 중의 하나는 사람들의 부고, 특히 동년배 사람들의 부고를 읽는 횟수가 많아지고 있다는 것입니다. 그런데 대개의 부고는 장례식의 추도사처럼 고인이 살아생전에 보여주었던 긍정적인 면만을 강조하게 됩니다. 어차피 죽은 사람이므로 그가 알코올 중독자였든, 바람을 피웠든, 아이들에게 소홀히 대했든 들춰내봤자 소용없기 때문입니다.

그런데 기자들이 죽음에 대해서 대수롭지 않게 생각해서 그런지 몰라도 부고기사에서 정작 읽을 내용이 없다는 사실이 저로서는 매우 유감스럽습니다. 잘만 쓰인다면 이런 기사야말로 우리의 성찰에 도움이 될 만한 유익한 내용을 제공해주리라고 생각하기 때문입니다. 또 다른 사람이 고인의 일생을 칭찬 일색으로 요약한 내용보다는 고인이 직접 쓴 부고를 읽는다면 훨씬 더 흥미로울 것이라는 생각을 해봅니다.

사실 우리는 직접 자신의 부고를 쓸 수 있습니다. 현재 시점에서 부고를 쓴 뒤 매년 수정해나가는 것입니다. 그러면 우리가 어떤 사람인지, 어떤 일을 하고 있는지, 그 모든 것이 어떤 의미가 있는지, 그리고 우리가 후세에 기억될 만한 방향으로 제대로 발전해나가고 있는지 알 수 있는 좋은 방법이 될 것입니다.

저는 가끔 상담자들에게 자신의 부고를 써오라는 숙제를 내주고는 합니다. 묘비명을 써보는 일처럼 이러한 경험 역시 깨달음을 얻는 기회가 된다고 생각하기 때문입니다. 부고를 쓸 때는 다른 부고들이 그런 것처럼 허구가 섞여도 상관없습니다. 자신이 어떻게 기억되고 싶은지를 선택하는 과정에서 하고 싶지만 아직 하지 못한 일에 대해서도 관심을 갖게 될 것이기 때문입니다.

제가 사는 지역신문에 실리는 부고기사를 보면 보통 직업으로 (교사, 음식점 지배인, 토양관리사, 가정주부 등) 사람을 정의합니다. 물론 자신이 직접 쓰는 부고에서도 자신이 자원봉사자라든가, 구형자동차 복원전문가라는 사실을 밝힐 수는 있을 것입니다. 하지만 우리가 직접 부고를 쓴다면 직업보다는 구체적인 삶에 좀 더 초점을 맞추는 것이 좋지 않을까요? 예를 들어, 병을 극복한 사람들은 그것을 자랑할 만한 성취로 이야기할 수 있고, 자녀에 대한 사랑과 자부심이 부족했던 점들에 대해 미안한 마음을 담아 쓸 수도 있습니다. 아울러 고통과 대가를 치르면서 배운 것들에 대해 이야기할 수도 있습니다. 그러나 이러한 경험의 진정한 장점은 우리가 이루지 못한 꿈들을 되돌아보게 된다는 점입니다.

사실 젊은 시절에 꿈꿨던 삶을 실제로 사는 사람은 별로 없습니다. 예상했던 것보다 경제적으로 부유할지는 모르지만 더 행복하게 살고 있다고 느끼는 사람들은 드뭅니다. 그래서 중년 혹은 중년을 지나친 사람들은 대부분 아쉬움을 갖고 있습니다. 지금보다 더 많은 가능성을 안고 있었던 젊은 시절에 대한 향수와 함께 말이죠.

자신의 부고를 직접 써보는 일의 또 다른 장점은 앞으로 남아 있는 시간 동안 내용을 바꾸거나 덧붙일 수 있다는 것입니다. 지금이라도 책상 앞에 앉아 부고를 써보십시오. 당신은 당신이 생각하는 대로 삶의 자세를 수정할 좀 더 많은 기회, 그리고 아직 이루지 못한 꿈을 이룰 수 있는 더 많은 시간을 얻게 될 것입니다. 무엇보다 당신의 삶이 그리 헛되지만은 않았다는 위안과 함께 앞으로 살아갈 힘도 얻게 될 것입니다.

어떤 사람들은 교훈이 담긴 유언장을 쓰기도 합니다. 돈과 재산을 분배하기 위해 사용하는 전통적인 유언장과는 달리, 후세를 위해 도움이 되거나 지침이 되는 가치들을 쓰는 것입니다. 임박한 죽음에 대한 성찰이든 후세에 전달하고자 하는 경험과 믿음이든, 그런 증언을 한다는 것은 매우 의미 있는 일입니다. 다만 제가 읽어본 교훈적인 유언장의 문제점은 주로 충고를 하는 데 초점이 맞춰져 있다는 것입니다. 너무 많은 충고는 연장자가 젊은 사람들에게 하는 잔소리에 불과하다고 저는 생각합니다.

충고보다는 경험을 이야기하고 판단은 듣는 사람들에게 남겨두는 것이 훨씬 더 유익해 보입니다. 작가들의 작업지침은 보여주되 말하지 말라는 것입니다. 백문이 불여일견이라는 말도 있듯이 열정을 따라가라거나, 남들이 네게 해주기를 바라는 것처럼 그들에게 행하라거나, 정직한 삶을 살라는 말을 하는 것보다는 자신의 실제 경험을 통해 그러한 교훈들이 왜 의미 있는지 보여주는 것이 백 번 낫습니다. 사람들은 어떻게 행동하는 것이 옳은지 이미 알고 있습니다. 단지 먼저 세상을 산 사람들이 역경 속에서 그것들을 어떻게 실현했는지를 보여주는 본보기가 필요할 뿐입니다.

밥 딜런은 "매 순간 새로 태어나지 않으면 매 순간 죽어간다."고 말했습니다. 그가 바랐던 대로 그는 자신의 음악과 함께 영원히 땅에 묻히지 않고 우리들 마음속에 살아 있습니다. 우리의 삶이 후손들에게 기억되고 본보기가 된다면 더 바랄 나위가 없을 겁니다. 자, 당신은 미래의 후손들에게 어떤 것을 남기겠습니까?

당신의 죽음에 대해 생각해본 적 있는가.
죽음에 대해 생각하다 보면
결국 어떻게 살아야 할지를 고민하게 된다.
언젠가 우리는 모두 떠난다.
다만 그때까지 어떤 인간이 되어
그날을 맞이할지가 중요한 것이다.
메멘토 모리(Memento mori).
우리는 반드시 죽는다는 것을 기억하라.

스물다섯 번째 지혜

지혜는 지식에 앞선다

단순히 많은 정보나 지식을 알고 있다고 해서 그것이 곧 지혜가 되지는 않는다.
그것들을 자신만의 관점으로 해석하고 이해할 수 있어야 하고,
진지한 자기 성찰과 적극적인 삶의 태도를 통해
자신의 것으로 체화시켜야만 비로소 지혜라 할 수 있다.

우리가 '알고 있는' 것들에 대해 곰곰이 생각해보면 많은 것들이 단편적인 정보에 불과하다는 사실을 깨닫게 됩니다. 그렇다면 우리가 알고 있는 정보는 어디서 흘러나올까요? 대부분은 텔레비전과 인터넷을 통해서입니다. 인터넷이 발달하면서 우리는 책과 신문, 잡지 등과 같은 종이매체로부터 점점 더 멀어지고 있습니다.

그런데 사람들이 많이 보는 텔레비전 뉴스의 문제점은 일정한 순서대로 제시된다는 것입니다. 전쟁과 자연재해에 대한 기사들은 먼저 의료진의 출동을 간단하게 요약하고 나서, 정치인들을 인터뷰하거나 유명인들의 활동을 보여주는 식으로 이어집니다. 이런 상태로는 우리가 무엇에 주목하고 무엇을 무시해야 하는지 알기 어렵습니다. 24시간 뉴스 채널들은 필요한 정보를 전달하고 남는 시간은 흥미 위주의 시시한 이야기들로 채워넣습니다. 연예인들의 패션이나 음식에 대한 이야기, 유명인사들의 뒷거래나 거액이 걸린 소송 같은 가십성 뉴스들로요. 이러한 '소음'들 역시 정보의 우선순위를 판단하는 일을 어렵게 만듭니다.

더욱 한심한 것은 우리를 대신해서 수많은 정보들을 평가해주는 사람들의 존재입니다. 뚜렷한 이유 없이 선택된 이 '분석가' 혹은 '전문가'들은 대개 저마다의 특정한 정치적·사상적 성향을 갖고 매일의 사건들을 바라봅니다. 물론 그들 중에 두세 명은 균형을 맞추기 위해서 가끔 반대의견을 말하기도 합니다. 그것도 매우 큰 목소리로 말입니다. 이는 모든 문제에는 양면이 있으므로 양쪽 모두를 보여줌으로써 대중들이 스스로 결정할 수 있도록 해야 한다는 눈물 나게 고마운 배려입니다. 그러나 어떤 문제는 양면이 없습니다. 사람을 고문해도 좋다고 믿는 사람의 의견을 굳이 들어야 할 필요가 있을까요?

우리의 생각은 수용력에 한계가 있습니다. 때문에 우리의 생각을 쓰레기로 채운다면 그만큼 중요한 정보가 들어올 공간이 사라집니다. 게다가 우리는 한번에 여러 가지 것들에 주목할 수 없습니다. 사람들이 무엇을 알고 있는지 조사를 해보면 우리가 알고 있는 정보의 수준이라는 것이 얼마나 한심한지 금세 드러납니다. 예를 들어, 사람들은 누가 국회의 원인지도 잘 모릅니다. 사람들 대다수는 권리장전이 뭔지도 모르고, 그 내용을 이해하는 사람은 더더욱 드뭅니다. 이라크가 어디에 있는지도 모를 뿐 아니라 제2차 세계대전에서 어떤 나라들이 싸웠는지도 잘 모릅니다.

어떤 정보에 주목해야 하는지조차 잘 모르겠다면, 어떤 정보를 유용한 지식으로 만드는 것은 훨씬 더 어려울 것입니다. 지식은 정보를 융합하고 재배열하는 능력을 필요로 합니다. 그러자면 '큰 그림'을 그린 상태에서 어떤 사실을 어디에 맞춰야 할지를 알 수 있어야 합니다. 예를 들어, 이라크에서 학대받는 포로들의 사진을 보며 억류자들을 인간적으로 취급해야 한다는 정책에서 벗어난 이탈행위로 해석할 수 있을 것입니다. 아니면 베트남에서 미군의 행동을 포함해 지금까지 점령군이 저지른 만행들을 상기하며 그런 범죄는 전쟁의 불가피한 관행이라고 결론지을 수도 있을 것입니다.

지나간 사건의 의미를 구성하고 이해하는 것이 어려운 이유 중 하나는 사실을 그들 자신의 입맛에 맞게 해석하는 대변자들이 있기 때문입니다. 이는 서로 반대되는 관점을 배심원에게 제시해서 피고인에게 죄가 있는지 없는지를 판단하는 법정에서 자주 볼 수 있는 행태입니다. 예를 들면, "그렇습니다. 피고인이 그를 죽였습니다. 하지만 그는 피고인을 학대했습니다."라든가, "CEO인 피고인이 축재를 한 것은 사실이지만 불법을 저지르고 있다는 사실은 전혀 몰랐습니다."라든가, "그렇습니다. 피고인의 DNA가 범죄현장에 있었지만 경찰이 심어놓은 것이었습니다."라는 식입니다.

제가 오랫동안 겪어본 바에 의하면 사람들은 자신이 갖고 있는 선입견과 충돌하는 새로운 정보에 대해서는 무시해버리거나 부인하거나, 아니면 자기 마음대로 편리하게 해석해버립니다. 만일 어떤 정치철학이나 종교교리(예를 들어 성경의 완전무결함)를 믿는다면 그 믿음과 충돌하는 사실들은 억지해석을 해서라도 자신이 믿는 종교의 교리에 끼워 맞추려 합니다. 예를 들어, 동성애는 선천적인 특성임에도 불구하고 '일종의 라이프스타일'인 양 치부함으로써 그들을 정상으로 돌려놓아야 한다고 주장합니다. 또 다른 예로 사형제도의 정당성을 주장하는 사람들은 그 제도가 모순적이며 부당하다는 연구결과를 아무리 제시해도 재고해볼 생각조차 하지 않습니다.

이처럼 우리가 지식이라고 생각하는 것들은 알고 보면 대부분 자신의 믿음을 정당화하기 위해 이용하는 고정관념에 불과합니다. 자신이 속한 국가나 그룹이 우월하다는 생각을 갖고 있는 사람에게는 새로운 정보를 제공해도 결코 생각을 바꾸지 않습니다. 고착화된 의식이 기존에 알고 있는 바와 다른 사실은 받아들이지 못하도록 방해하기 때문입니다.

인식의 사다리에서 지혜는 정보나 지식보다 위쪽의, 가장 높은 단계에 있습니다. 그런 만큼 지혜를 얻기 위해서는 신중한 사고와 오랜 경험이 필요합니다. 물론 지혜에 도달하기는 매우 어렵습니다. 우리는 지혜가 나이에 따라 저절로 생겨나는 결과이기를 바라지만, 실제 노인들의 행동을 보면 그렇지 않습니다. 만일 새로운 정보와 지식을 자신의 관점에 따라 해석하고 이를 다듬는 연습을 하지 않는다면 나이가 들어서도 지혜롭지 못할 수 있습니다. 지혜의 특징은 우리 자신의 경험으로부터 다른 사람들에게 도움이 되는 인생의 교훈을 증류해내는 것입니다. 그러한 능력은 종합적이고 예언적인 특성을 지니고 있어서 새로운 상황에 마주쳤을 때 훌륭한 선택을 할 수 있도록 해줍니다. 예를 들어, 어떤 행동을 보고 난 뒤 그 결과를 예측하고 그 지식을, 같은 실수를 반복해서 저지르는 사람들에게 전달할 수 있을 것입니다.

단순한 정보수집가에서 현명한 지식전달자의 경지에 오르기 위한 과정은 우리의 삶에서 매우 가치 있는 여행일 것입니다. 비록 그 경지에 도달하지 못한다 할지라도 말입니다. 사실 노력을 하는 것만으로도 물질을 축적하기 위해 이기적으로 사는 것보다는 우리의 존재가치를 훨씬 높일 수 있을 것입니다. 그리고 이러한 노력에 의해 우리는 '왜 나는 지금 여기에 있는가?'라는, 삶의 의미에 대한 근본적인 물음에 좀 더 가까이 다가갈 수 있을 것입니다.

우리는 정보의 홍수 속에서 산다.
조용히 앉아서 한 권의 책을 읽던 한가로운 모습은 이제 찾아볼 수 없다.
우리는 그 많은 정보들을 어디에 쓰려고 하는 것인가.
지식이 풍부하다고 해서 삶의 지혜까지 풍부해지는 것은 아니다.
지혜는 우리가 살아온 경험을 지식과 잘 버무려낼 때 생긴다.
지나친 정보는 오히려 우리의 눈을 가릴 뿐이다.
많은 것을 알아야 한다는 강박과 과욕에서 벗어날 때
우리는 진정 지혜로워질 수 있을 것이다.

우리는 절대 스스로를
완벽하게 이해할 수 없다

우리는 각자의 말과 행동과 생각을 완전하게 조절하지 못한다.
매 순간 모든 것의 원인과 결과를 설명해내기란 불가능에 가깝다.
이러한 삶의 비의 속에 감춰진 불확실성을 견딜 수 있어야만
우리는 스스로를 지키며 한 발 한 발 앞으로 나아갈 수 있다.

저는 뉴욕주의 북부지방에서 어린 시절을 보냈습니다. 아버지는 총을 무척이나 좋아하셨습니다. 그래서인지 아버지는 제게도 일찍 총을 주셨습니다. 아버지에게서 처음 라이플을 받았을 때 저는 일곱 살이었습니다. 수동식 노리쇠가 있는 22구경 모스버그였지요. 저는 그 총을 갖고 혼자 숲속에서 많은 시간을 보냈습니다.

처음에는 울타리말뚝에 깡통을 올려놓고 총을 쏘아 맞히는 놀이를 했습니다. 그러다 점차 다람쥐 같은 작은 동물들로 표적을 바꿨습니다.

피를 보는 것에 익숙해지면서부터는 다른 친구들처럼 인간 사냥꾼인 카우보이나 군인이 되는 꿈을 꿨습니다. 저는 아버지를 기쁘게 해주고 싶었고, 아버지는 저의 사격솜씨를 자랑스러워했습니다. 총은 어린 소년이 동경하던 힘과 지배와 남성다움을 상징했습니다.

열한 살이던 어느 날, 아버지와 저는 농장 언덕에서 소나무를 심고 있었습니다. 살쾡이가 나타날까 싶어 라이플도 가져갔습니다. 몇 주 전에 어머니가 과수원에서 일하고 있는데 살쾡이가 나타난 일이 있었기 때문입니다.

푹푹 찌는 더운 날에 몇 시간 동안 돌투성이 산비탈에서 1미터 간격으로 줄을 맞춰 삽으로 흙을 퍼내고 묘목을 심는 일은 꽤 힘들었습니다. 더구나 같은 일을 반복적으로 하는 단순노동이다 보니 더욱 지쳤습니다. 하지만 아버지는 괜찮은 것 같았습니다. 아버지는 윗옷을 벗고 있었고, 근육질의 등에서 땀이 흘러내리는 것이 보였습니다.

우리는 일을 하면서 거의 말을 하지 않았고, 저는 묘목을 모두 심어야 한다고 생각했습니다. 아버지는 제가 원한다면 집에 가서 더위를 식히라고 했을 테지만, 저보다 훨씬 나이가 많은 아버지보다 제가 먼저 기권한다는 것이 자존심상 허락되지 않았습니다. 저는 잠시 휴식을 취하기 위해 라이플을 놓아둔 뜨거운 풀밭에 가 앉았습니다. 그리고 무심코 총을 들어 들판 가장자리에 있는 나무를 겨냥했습니다.

천천히, 마치 꿈을 꾸듯이, 라이플이 움직이며 10미터 떨어진 곳에서 소나무를 심느라 등을 구부리고 있는 아버지를 겨냥하는 것이 느껴졌습니다. 저는 손가락을 방아쇠에 대고 안전장치를 풀었습니다.

아버지와 아들 사이에 애증과 경쟁이 오가는 극적인 장면을 연출하며 얼마나 오래 그러고 있었는지는 모르겠습니다. 분명 어떤 힘이 느껴졌고, 나중에야 저는 그것이 일종의 광기였다는 것을 깨달았습니다.

아마 제가 방아쇠를 당길 확률은 없었을 것입니다. 하지만 바람 한 점 없는 와중에 한낮의 태양이 뿜어내는 열기 속에서 풀벌레 울음소리를 들으며, 저는 정신이 몽롱한 상태로 즐거움도 의미도 없는 여름날의 공허를 느꼈습니다.

만일 그 순간 아버지가 저를 돌아보았다면 무서운 비밀이 드러나며 도덕이나 논리를 넘어선 어떤 원시적 충동에 의해 둘 다 그 언덕에서 생을 마감했을지도 모를 일입니다. 총구는 잠시 후 서서히 내려갔습니다. 저는 안전장치를 잠그고 라이플을 풀밭에 내려놓았습니다. 그때 아버지가 돌아보면서 들고 있던 삽을 땅에 던지며 말했습니다.

"어때, 점심 먹으러 갈까?"

"네, 아빠."

아버지는 제가 대견스럽다는 눈빛으로 미소를 지어 보였습니다. 하지만 저는 아버지의 눈을 똑바로 마주하지 못했습니다. 그때의 기억은 제게 잊히지 않는 한 장면으로 머릿

속에 각인되어 있습니다. 그때 저는 왜 그랬을까요? 그 이유를 정확히 알지는 못하겠지만, 한 가지 분명한 점은 우리는 자신도 모르는 사이에 어떤 일이든 저지를 수 있다는 것입니다. 인정하기 어렵지만, 분명 진실입니다.

우리는 열심히 노력하면
원하는 모습대로 삶을 그려나갈 수 있다고 생각한다.
하지만 인간의 마음과 삶 그 자체에 감춰진 비밀은 무궁무진하다.
우리는 결코 그것들을 다 이해할 수 없다.
삶의 곳곳에 도사리고 있는 불가사의함은
때로 우리를 무력하게 만들어버리고는 한다.
그러나 어찌할 것인가?
그것이 바로 인간이라는 존재요, 삶인 것을.

스물일곱 번째 지혜

절대적으로 옳은 신념이란
있을 수 없다

삶의 모든 문제를 해결해주는 유일한 종교는 없다.
단 하나의 신념을 강요하는 것도 바람직하지 않다.
종교는 우리로 하여금 서로 다른 가치에 대한
도덕적 확신과 믿음을 갖고 살아갈 수 있도록 해주어야 한다.

믿음은 우리가 바라는 것들에 대해 확신
하는 것이며, 보이지 않아도 사실임을 아는 것이다.

—히브리서 11장 1절

가톨릭신자로 보낸 저의 성장기는 두려움을 다스리는 훈
련기간과도 같았습니다. 불안감과 죄의식을 느끼도록 만드
는 일련의 금기 및 위협적인 처벌에 기초해 구원을 약속하는
교회의 교리에 순종하며 살아야 했으니까요.

생각, 말, 행동에 똑같은 비중을 둔다는 것이 저로서는 무
엇보다 고통스러운 일이었습니다. 공상과 감정은 통제하기
가 어려움에도 불구하고 신부님들은 아무런 융통성을 보여
주지 않았습니다. 오히려 공상과 감정을 억제하지 못하는 것
은 죄의 전조일 뿐 아니라 죄 그 자체였습니다. 성당에서는
고백성사가 영혼을 구원받는 유일한 길이라는 점을 분명히

했습니다.

매주 저는 고해성사실 밖에 앉아서 거짓말처럼 들리지 않으면서도 묵주기도를 두세 번 외우는 정도로 용서받을 수 있는 죄를 생각하느라고 머리를 쥐어짜야만 했습니다. 만일 상상력 부족으로 거짓말이 들통나면 공개적인 태형에 준하는 벌을 받을 수도 있다고 생각했기 때문입니다.

결국 제가 찾아낸 묘안은 금요일에 깜빡 잊고 고기를 먹었다는 거짓 죄를 고백하는 것이었습니다. 그것은 중대한 죄이면서도 몇 번의 주기도문과 성모송으로 속죄받을 수 있었습니다.

한편 당시 제가 다니던 사도성바울 성당에서는 검열제도를 만들어 1년에 한 번씩 신도들에게 특정한 책과 영화를 보지 않겠다는 서약을 암송하고 지키도록 했습니다. 그러나 열여섯 살이 되던 해의 어느 일요일, 마침내 저는 그 서약을 지키지 않기로 함으로써 어머니가 믿던 가톨릭신앙과 영원히 결별하고 말았습니다.

당시 성적 호기심이 왕성한 사춘기였던 저는, 그들의 표현대로라면 "너무 선정적이어서 말로 표현할 수 없는 영화'인 〈무법자〉를 보러 갔지요. 그 영화에는 제인 러셀이 빌리 더 키드와 '충분히 옷을 입은 채' 침대 속으로 들어가는 장면이 나옵니다. 저는 무엇보다 사업가이자 영화제작자인 하워드 휴즈가 디자인했다는 하프컵 브래지어를 착용한 러셀의 모습이 궁금했습니다.

기껏 영화 한 편을 보겠다고 성장기에 몸담았던 신앙과 결별을 했느냐고 물을지도 모르겠습니다. 하지만 제게는 바로 그것이 문제였습니다. 저는 사람들이 누구나 할 수 있는 생각과 충동에 죄의식을 느껴야 하는 일이 피곤해졌던 것입니다. 물론 당시에는 우리의 영적인 삶을 주관하시는 신부님들도 저와 같은 생각과 충동을 갖고 있으며, 때로는 행동으로 옮기기도 한다는 사실은 몰랐습니다.

웨스트포인트 사관학교에 다닐 때는 일요예배가 필수였으므로 개신교 교회를 선택했습니다. 그곳에서는 라틴어를 암송하지 않아도 됐고, 무엇보다 찬송가의 멜로디가 마음에 들었습니다. 게다가 '믿는 사람들은 군병 같으니' 같은 찬송가의 가사도 마음에 들었습니다. 그런 뒤 몇 년 후 저는 베트남에 갔습니다.

저는 군목이 군의관처럼 군대에 완전히 종속되어 있고, 군인들의 영혼을 보살피는 대신 군인들이 하는 일에 신학적인 근거를 부여하는 역할을 하는 줄은 꿈에도 몰랐습니다. 당시 매일 저녁에 하던 상황보고는 기도로 마무리하는 것이 관례

였습니다.

그런데 어느 날 저녁 사령관이었던 조지 패튼 대령이 군목을 돌아보면서 이렇게 말하더군요. "목사님, 오늘 밤에는 어떤 기도를 할까요? 적들을 왕창 죽일 수 있게 해달라고 하는 것은 어떨까요?" 결국 군목은 어쩔 수 없이 대령이 시키는 대로 했습니다. "주여, 연대의 복무규정을 이행할 수 있도록 도와주십시오. 적의 시체를 산더미처럼 쌓아올릴 수 있도록 해주십시오."

지금 생각해도 어이가 없습니다. 적어도 우리는 남에게 최대한 피해를 적게 주는 종교를 선택해야 하지 않을까요? 대부분 종교의 문제점은 신자들에게 그들의 종교만이 삶의 문제를 유일하게 해결할 수 있다고 믿게 한다는 것입니다. 그러한 가정이 오만하다는 것은 차치하고서라도, 그로 인해 그들은 자신이 알고 있는 답을 다른 사람에게 강요할 권리를 갖고 있다고 생각합니다.

그들은 기쁜 마음으로 '구원의 희소식을 나누어주기 위해' 열심히 전도를 합니다. 상식적으로 생각하면 관심 없는 사람들은 그들의 전도를 거부할 수 있어야 합니다. 하지만 불행히도 성령으로 충만한 사람들은 종종 권유하는 것만으로는 만족하지 않습니다. 반드시 다른 사람들이 어쩔 수 없이 귀를 기울이게 만듭니다. 학생들에게 특정 종파의 공식 기도문을 외우게 하거나, 체육대회와 졸업식을 그리스도의 이름으로 기념하거나, 애국이라는 위대한 세속적 종교에 '하느님 안에서'를 포함시켜야만 직성이 풀립니다.

두려움 때문에 어쩔 수 없이 기도문에 귀를 기울이는 것은 견디기 어려운 일입니다. 전지전능하신 신이 왜 그렇게 자주 찬양을 요구하는지도 저로서는 궁금하기만 합니다. 게다가 그들은 말씀을 전하는 것만으로는 만족하지 못합니다. 귀를 기울이지 않는 사람들이 있으면 억지로라도 신의 말씀에 따르게 하려 합니다. 믿지 않는 자는 영생의 기회뿐 아니라 독립적인 판단에 따라 살 수 있는 권리마저 없다고 생각하는 것 같습니다.

이슬람의 알라든 구약의 하나님이든, 독선적인 근본주의 믿음을 관통하는 공통적인 주제는 궁극적으로 코란이나 성경의 가르침에 따라 사회와 정부의 구조를 맞춰야 한다는 것입니다. 아프가니스탄의 탈레반과 이란의 물라(율법학자)를 보면 교회가 곧 정부인 나라들이 어떤 모습을 하고 있는지 알 수 있습니다. 그 모습은 결코 아기자기한 그림 같은 낙원이 아닙니다. 오히려 20세기 소비에트 지도자들이 추구했던 무신론적 공산주의의 사회구조를 닮았습니다.

민주주의의 핵심은 다른 사람들의 권리를 침해하지 않는 범위에서 각자 원하는 방식으로 살 수 있는 선택의 자유를 보장하는 것입니다(우연의 일치이기는 합니다만, 이것은 정신건강의 본질이기도 합니다). 하지만 근본주의자들의 핵심적인 믿음은 선택을 제한해야 한다는 것입니다. 근본주의자들에게는 도덕과 관련된 모호한 상대주의란 없습니다. 그들 나름대로 성경을 해석해 설명하는 도덕적 절대주의를 고집합니다.

독실한 종교인들은 당연히 인간존재의 기본적인 물음에 대해 자신들이 옳다고 믿습니다. 또한 특별한 신의 실체(증명할 수 없는)와 신의 의지를 밝히는 종교적 저술의 특별한 해석에 대해서도 확신을 갖고 있습니다. 그런데 어떤 이유에서인지 그들은 자신들이 선택한 신에게 대적하는 불순하고 타락한 악마를 창조해 자신들의 충성심이나 불멸의 영혼과 대결을 벌이도록 합니다. 재미있는 이야기를 좋아하는 사람들을 위해 그러는지도 모르겠습니다. 어쨌든 이런 우주관으로부터 세상을 선과 악의 투쟁으로 보는 관점이 탄생해 다양하고 불확실한 세상에 사는 사람들과 국가 간의 관계에 파괴적인 영향을 주고 있습니다.

이런 관점은 9·11 테러 사건에서도 잘 나타납니다. 자살 테러범들은 이교도들의 세속적인 마음에 충격을 주는 심오한 종교적 행위를 하고 있다고 스스로 확신합니다. 그들의 믿음은 확고하며 마지막 순간에 항상 "알라 후 아크바르!", 즉 "신은 위대하다!"고 외칩니다. 자신들이 신의 선택을 받았다고 생각하는 것입니다.

반면 민주주의의 정신은 아무도 진실의 한구석을 독점하지 못한다는 신념에 기초하고 있습니다. 다른 사람들의 권리를 존중하고 삶의 물음에 대한 각자의 믿음을 존중하는 세상을 만들기 위해 애쓰는 것이 민주주의의 기본정신입니다. 저는 이런 생각을 해봅니다. 만일 이 세상 너머에도 삶이 있다면, 그곳은 우연한 출생이나 종교에 따른 편 가르기를 허용하는 장소는 아닐 것이라고 말입니다.

인류의 오랜 역사 동안 많은 종교들이 우리에게 삶의 기원과 목적을 설명하고, 불행과 부당함을 견딜 수 있도록 위로해주고, 인간의 공동 운명인 죽음에 맞설 수 있도록 희망을 준 것은 사실입니다.

그러나 이제는 신의 개념과 역할은 다양하며, 이는 문화적인 영향하에서 결정된다는 생각을 받아들일 수 있는 종교가 필요한 시점입니다. 천국이 어떤 곳이든 간에, 이 세상에서의 지옥은 믿음을 강요하려는 시도에 의해 만들어지기 때문입니다.

저는 개인적으로 겸손과 관용에 중점을 두는 신앙이 나타나기를 간절히 바라고 있습니다. 물론 기본교리는 신앙심보다 선행에 가치를 두고 있어야 할 것입니다. 그렇게 되면 기본계율은 '그대의 종교를 혼자 간직하라.'는 것이겠지요.

자신의 생각이나 신념을 밝히는 일은
다른 사람들과 함께 살아가기 위해서 꼭 필요하다.
그러나 내 신념을 다른 사람들에게 강요해서는 안 된다.
만약 가까이 지내던 사람들과의 관계가 소원해졌다면
상대에게 뭔가를 강요하는 버릇이 없지 않은지 생각해보라.
자기 생각만을 고집하는 독선은 서로를 피곤하게 할 뿐이다.
똑같은 문제를 보더라도 판단은 각자 다를 수 있다.
상대가 나와 다를 수 있음을 인정하라.
그럴 때 우리의 관계는 더욱 깊어지고 넓어질 것이다.

우리에게는 다른 사람과
다르게 생각할 권리가 있다

중요하게 생각하는 가치를 추구하는 자세는 칭찬받아 마땅하다.
하지만 자신의 신념을 일방적으로 강요한다면 그것은 억압일 뿐이다.
모든 인간에게는 다른 사람과 다르게 생각하고 행동할 권리가 있는데,
바로 이 자유를 무시하게 되는 것이다.

사람들 대부분은 인간이 지닌 이성의 힘을 매우 중요하게 생각합니다. 이성이 있기 때문에 사람이 다른 동물들과 다르다고 주장하기도 합니다. 그런데 왜 국가적인 차원의 토론을 보면 마치 저능아들이 모여 말다툼을 하고 있는 것 같을까요?

이를테면 미국에서는 십계명을 공공장소에 걸어 전시하자는 주장이 있습니다. 기독교 근본주의자들은 다른 사람들의 반대에 부딪히자 터무니없게도 마치 이것이 종교표현의 자유나 수정헌법 제1조(의회가 종교, 집회, 언론, 청원 등의 자유에 간섭하는 것을 금합니다)에 관련된 논쟁인 것처럼 목청 높여 떠들어댑니다.

저와는 웨스트포인트 사관학교 동창으로, 앨라배마주 대법원 판사인 로이 무어는 몇 년 전 몽고메리 사법부 건물의 응접실에 약 2.5톤이나 되는 십계명 현판을 갖다놓았습니다

(지금은 트레일러에 실려 전국 순회 중입니다). 그는 이어서 십계명을 "미국 법의 윤리적 기초"라고 말했습니다. 세상에 그보다 더 어처구니없는 합리화도 없을 것입니다.

사실 십계명 중 일곱 가지는 미국 법과 아무런 상관도 없습니다. 십계명에서 살생, 도둑질, 거짓 증언에 대한 금지를 제외하고 나머지는 신성모독, 우상숭배, 탐욕, 간통, 부모공경에 대한 것들입니다. 이런 것들은 당연히 현대 법률의 주제가 아닙니다.

한편 기독교인들(그리고 유대인들)에게 중요한 것은 "나 여호와 이외의 다른 신을 섬기지 말라."는 계명입니다. 이는 무슬림들이 "알라 이외의 다른 신은 없으며, 마호메트는 그가 보낸 선지자다."라는 계율을 절대시하는 것과 같습니다. 어떤 신을 믿든 독실한 신자 앞에서 이러한 계명을 인정하지 않는다는 것은 특별한 용기를 필요로 합니다.

물론 민권운동을 하는 사람들과 그 지도자들에게 신앙이 인종차별 세력들과 맞서 싸울 수 있는 용기와 도덕적 확신을 준 것은 사실입니다. 그런데 KKK단 같은 인종차별주의자들 역시 기독교정신을 나름대로 해석해 인종차별 폐지운동에 반대하는 근거로 삼고 있습니다.

십계명을 새긴 현판을 치우는 것에 항의하기 위해 몽고메리에 집결한 사람들은, 그들이 들고 있는 남부연방의 전투 깃발이 증명하는 것처럼 인종차별주의자들의 정신적 후손인 것입니다. 민권운동가들이 관용, 비폭력, 용서에 대한 믿음으로 움직였다면, 근본주의자들의 믿음은 고압적이고 배타적입니다.

1963년, 앨라배마의 또 다른 '영웅'이 취했던 태도(주지사 조지 윌리스가 흑인 학생 두 명의 대학입학을 금지한 조치—옮긴이) 역시 배타적인 믿음의 한 단면을 보여줍니다. 앨리배마주의 조지 윌리스 주지사는 주립대학의 인종차별 폐지에 반대해 교문을 가로막고 서서 연방의 권위에 저항하도록 시민들을 선동했지요.

보수주의자들이 내세우는 명분은 국민들의 생활에 정부가 간섭하는 것을 제한해야 한다는 것입니다. 하지만 십계명이 그렇듯 근본주의자들은 보통 윤리적이고 종교적인 이유를 근거로 자신들의 관점을 다른 사람들에게 강요하고는 합니다.

사실, 그들이 성경의 특별한 해석을 고집하는 모습은 이란의 신권정치가들과 다를 바 없어 보입니다. 그들은 자신들의 믿음에 모순이 있다는 사실은 아랑곳하지 않습니다. 예를 들면, 낙태를 완강히 반대하면서도 사형제도의 엄격한 집행과 사형제도의 확대는 지지하는 식입니다.

정치적 신념은 직선이 아닌 원을 그리며, 결국 양쪽 끝에 있는 극단주의자들을 서로 만나게 합니다. 극단적인 보수주의는 파시즘이 되고, 급진적인 자유주의는 공산주의가 됩니다. 히틀러와 스탈린은 정치적 이념의 양극에 서 있었지만, 두 사람 모두 전체주의 정부를 수립해 수백만 명을 살해했습니다.

반면 미국 정부체제의 장점은 200년이 넘는 세월 동안 어느 한 극단에 서는 것을 피함으로써 일종의 정치적 자이로스코프의 역할을 해왔다는 것입니다. 그럼으로써 국민 모두가 유혈사태 없이 자유롭게 의견을 달리하면서도 함께 어울려서 살 수 있도록 지켜주었습니다(남북전쟁은 제외하고 말입니다).

이러한 상황을 종합해보면, 현재 이 나라에서 진행되고 있는 중요한 논쟁은 자유주의자와 보수주의자의 대립이 아닌 극단주의자와 온건주의자의 대립인 것 같습니다.

몇 해 전 실시된 종교에 관련된 한 여론조사는 우리에게 시사하는 바가 큽니다. 이 조사에 따르면 미국 성인의 90퍼센트가 신을 믿는다고 합니다. 그런데 흥미로운 점은 그들 중 절반이 유령을 믿고, 3분의 1 정도가 점성술을 믿으며, 4

분의 1 이상이 환생을 믿는다는 사실입니다. 그리고 3분의 2
는 악마와 지옥을 믿는다고 합니다. 물론 자신이 지옥에 갈
것이라고 생각하지는 않겠죠.

또 다른 조사에서는 미국인들 중 예수의 동정녀 탄생을 믿
는 사람(83퍼센트)이 진화론을 믿는 사람(28퍼센트)보다 세 배
나 더 많은 것으로 드러나기도 했습니다.

이번에는 미국에서 여전히 논란이 많은 진화론을 예로 들
어보겠습니다. 창조론자들은 성경을 글자 그대로 해석한 것
과는 다른 과학 이론은 받아들이지 않지요. 그들은 유기체
의 복잡성이 우주설계자가 존재한다는 증거라는 '지적 설계
론'을 들고 나왔습니다.

하지만 제가 보기에 찰스 다윈의 이론을 뒷받침해주는 물
적 증거는 충분합니다. 반면 성경이야기는 과학적으로 검증
될 수 없고, 따라서 과학적인 의미의 '이론'이라고 할 수도
없습니다. 지적 설계론이 진실임을 보여주는 어떤 증거도
없기 때문입니다. 그것은 단지 믿음에 의지하고 있을 뿐입
니다.

그럼에도 정부까지 나서서 지적 설계론을 교과과정에 포
함시켜야 한다고 주장하고 있으니 이는 그야말로 무식하면
용감할 수 있다는 것을 보여주는 단적인 예입니다. 어떻게

객관적 근거도 이론도 없는 단순한 믿음을 학교에서까지 강요할 수 있다는 말인가요?

물론 모든 보수주의 사상가들을 한꺼번에 뭉뚱그려서 비판하는 것은 잘못된 일입니다. 선의와 지성을 갖춘 사람들이 정치적으로 의견을 달리하는 것은 얼마든지 가능하기 때문입니다.

하지만 우리는 모든 사상의 경계에서 자신이 옳다는 것을 너무 확신한 나머지 자신과 의견이 다른 사람을 억압하려는 이들을 만나게 됩니다. 그러한 지배충동을 움직이는 엔진 역할을 때로는 신앙이 하고 있는 것입니다. 자신이 믿는 세계관을 다른 사람에게도 강요하는 것을 정당화하기 위해서는 종교적 확신이 필요한 것인지도 모르겠습니다.

그러나 방해받지 않고 혼자가 될 수 있는 권리는 헌법과 법률이 보장하는 권리, 누구나 보편적으로 누릴 수 있는 권리입니다. 그런데 지금은 이 권리를 누리기 위해 종교의 자유가 아닌 종교로부터의 자유가 요구되는 시점이 아닌가 생각됩니다.

현재 미국 사회에서 정부를 조종하고 있는 종교적 보수주의자들과 좀 더 관용적이고 다원적인 국가를 원하는 이들 사이의 긴장이 해소되려면 오랜 시간이 걸릴 것입니다. 하지만 점차 극단주의로부터 무게중심이 옮겨가고 있다는 희망적인 조짐이 보이기는 합니다. 이기주의와 편견과 죽음을 몰고 다니는 것처럼 보이는 정책은 국민들의 반감만 살 뿐입니다.

다른 사람들에게 권하고 싶은 신념을 갖고 있는가.
그러나 주의하라. 신념이 도를 지나치면 항상 탈이 생긴다.
자칫 잘못하면 타협, 조화, 융통성과 거리가 먼 고집불통이 되는 것이다.
이렇게 되면 굳은 신념을 지닌다는 것이
더 이상 본받을 만한 덕목이 되지 못한다.
오히려 그 신념으로 주위 사람들을 괴롭힐 뿐이다.
어떠한 신념이든 간에 일방적인 강요가 되면 심각한 부작용을 일으킨다.
그러한 함정에 빠지지 않도록 늘 스스로를 점검해야 한다.
현명함이 우매함으로 바뀌는 경계에 바로
올바른 신념과 삐뚤어진 고집의 차이가 있다는 점을 잊지 말아야 한다.

정의는 말로 실현되는 것이 아니라
행동으로 실천된다

입으로 정의를 외치고 사랑을 말하기는 쉽다.
그러나 우리는 안다.
정의란 행동으로 실천될 때에야 의미가 있다는 것을.

첫 번째 총알이 조종사의 발 바로 앞에
있는 플렉시 유리를 뚫고 들어왔습니다. 두 번째 총알은 조
종석과 제가 앉은 보조석 사이로 지나갔습니다. 세 번째 총
알은 왼쪽에 있던 기관총 사수를 맞혔고 그는 그 자리에 주
저앉았습니다.

"헤이저가 맞았다!"편대장이 소리쳤습니다. 편대장은 헤
이저가 메고 있던 벨트를 풀고 그를 헬기 바닥으로 끌어내렸
습니다. 헤이저의 전투복 앞섶이 검붉게 물들어 있었습니다.

저는 의자 밑에 있던 구급상자를 끄집어냈습니다. 헤이저
는 바닥에 똑바로 누운 채 눈을 부릅뜨고 있었습니다. 편대
장은 그의 헬멧에 연결된 인터콤 플러그를 빼냈고, 저는 그
의 복부 상처에 압박붕대를 감았습니다.

그때 부조종사가 말했습니다. "우리가 지나갈 때 나무 옆
에 서 있던 그 망할 녀석을 봤지. 그 빌어먹을 놈이 우리를

AK소총으로 갈겼어! 군의관님, 헤이저의 상태는 어떻습니까?"

"안 좋아, 프랭크! 우리를 제93 후송병원으로 빨리 데려가 주게." 저는 헤이저를 보며 대답했습니다. 헤이저는 의식이 있었지만 쇼크에 빠진 상태였습니다. "괜찮아, 자넨 괜찮을 거야." 엔진 소음 때문에 저는 소리를 질러야 했습니다. 그때 헤이저의 입술이 움직였습니다. 저는 엎드려서 그의 입에 귀를 갖다 댔습니다.

"다리에 감각이 없어요." 그가 숨을 헐떡거리며 말했습니다. 압박붕대를 세 번이나 바꿨지만 여전히 피가 흘러내리고 있었습니다. 저는 그의 뱃속에서 어떤 일이 벌어지고 있을지 생각하고 싶지도 않았습니다. 조종사는 무전으로 제93 후송병원을 불러내서, 우리가 사고를 당했고 10분 후에 도착한다고 말했습니다. 우리는 30미터 고도에서 아래로 보이는 동나이강을 스치듯 지나 비엔호아로 들어가고 있었습니다.

"버텨야 해, 헤이저." 우리는 공중에서 맴을 돌며 기다렸습니다. 밖을 내다보니 위생병 두 명이 바퀴 달린 들것을 가지고 달려오고 있었습니다. 착륙하자마자 편대장과 제가 뛰어내려 헤이저를 들것에 옮겼습니다. 위생병들은 재빨리 헤이저를 고정시킨 뒤 다시 뛰기 시작했습니다.

저는 그들 뒤를 따라가다가 헬기를 돌아보았습니다. 저를 바라보고 있는 조종사의 눈에 당혹감이 서려 있었습니다. 헤이저는 몇 분 후에 수술을 받을 것이고, 더 이상 제가 그를 위해 해줄 수 있는 것은 없었습니다. 저는 돌아서서 다시 헬기로 갔습니다. 열려 있는 문으로 기어 올라가던 중 저는 헤이저가 흘린 피에 미끄러지고 말았습니다. 조종사는 헬기를 이륙시켰고, 자리에 앉은 저는 다시 인터콤 플러그를 꽂았습니다. 잠시 후 조종사는 공중기병 본부에 연락했습니다. "지금 당장 기관총 사수가 필요하다. 도착 예정 시간은 3분 후다."

우리가 먼지 돌풍을 일으키며 사령부에 착륙했을 때 젊은 기술 하사관이 헬멧을 쓴 채 달려왔습니다. 그는 헬기에 뛰어 올라오다 기관총 앞좌석에 묻은 피를 보더니 얼굴이 창백해졌습니다. 하지만 묵묵히 자리에 앉아 벨트를 묶고 무기를 점검했습니다. 우리는 다시 이륙해 교전지로 향했습니다. 조종사는 무전으로 현장에 있던 정찰기를 불러냈습니다.

"상황이 어떤가." 그가 소리쳤습니다.

"아군은 사격을 멈춘 상태입니다. 적군은 대부분 철수한 것 같습니다. 두 명의 '국스'가 보입니다."

"그들은 무엇을 하고 있나."

"나무 밑에 앉아 있습니다."

"알았다. 5분 후에 도착한다."

우리가 사격을 당했던 산꼭대기는 폭격으로 초토화되어 있었습니다. 우리가 없는 사이에 공군이 다녀간 듯했습니다. 나무들은 쓰러졌고 땅 여기저기가 패어 있었습니다. 지상 20미터까지 내려가자 정찰기 두 대가 파리처럼 빙빙 돌고, 코브라(미군의 공격형 헬기—옮긴이)가 위에서 크게 원을 그리며 날고 있는 것이 보였습니다. 편대장이 헬기의 속도를 늦추자 폐허 한가운데 있는 나무에 기대앉은 두 사람의 검은 형체가 보였습니다. 무기는 보이지 않았고, 그들은 고개를 돌려 우리가 지나가는 것을 올려다보고 있었습니다.

그때 조종사가 코브라를 향해 "놈들을 죽여버려."라고 말하는 것이 들렸습니다. 저는 부조종사에게 인터콤으로 소리쳤습니다. "기다려, 프랭크! 그들은 전의를 상실했다. 생포하는 건 어떤가?"

그러나 그 순간 코브라의 기관총이 발사됐고, 두 사람이 앉아 있던 곳에서는 먼지 안개가 피어올랐습니다.

"너무 늦은 것 같군요, 군의관님." 프랭크가 말했습니다.

나는 다시 내려가서 알아보자고 했습니다. 물론 저는 그가 군의관인 저에게 저항할 수 없다는 것을 알고 있었습니다.

그는 다시 코브라와 교신했습니다. "사격을 중지하고 우리를 엄호하라. 우리가 저 두 사람을 잡겠다."

산기슭의 숲속에 헬기가 간신히 착륙할 만한 작은 빈터가 있었습니다. 헬기가 더 무거워지면 이륙하기가 힘들 수도 있을 것 같았습니다. 조종사와 편대장은 헬기와 함께 남고 부조종사와 저, 그리고 30분 전만 해도 태평하게 점심을 먹고 있었을 그 불쌍한 기관총 사수가 산 위로 출발했습니다.

산기슭에는 숲이 울창했고 정상이 가까워지자 하늘이 보이면서 머리 위로 총알 스치는 소리가 들렸습니다. 어디서 날아오는지 알 수 없었지만 위에서 돌고 있는 무장 헬기들과 통신할 방법은 없었습니다. 부조종사와 기관총 사수는 M-16소총을 갖고 있었습니다. 저는 구급상자와 적에게 잡혔을 때 사용하려고 충분히 연습해둔 "토이 라 박시(나는 의사입니다)."라는 베트남 말을 준비해놓고 있었습니다. 과연 그들이 의사라고 봐줄지는 알 수 없었지만 말입니다.

우리는 나무 밑에 있는 적군을 발견하고는 깜짝 놀랐습니다. 기관총 사수가 기겁을 하고 그들에게 사격을 가했지만 한참 빗나갔습니다. 적군 중 한 사람이 우리에게 손짓을 했습니다. "진정하게." 제가 말했습니다. "저들이 덤빌 것처럼 보이나?" 가까이 다가가 살펴보니 한 사람이 코브라가 쏜 총에 허벅지를 맞은 상태였습니다. 기적적으로 부상을 당하지 않은 또 한 사람은 자신이 곧 처형당할 것이라고 확신한 듯 체념한 얼굴로 우리를 바라보았습니다. 부상자는 좀 더 낙관적인 태도로 우리에게 물 마시는 흉내를 냈습니다. 제가 수통을 건네주었더니 그는 두 손으로 정중히 받아 마셨습니다.

"여기서 빨리 벗어나죠." 부조종사는 투덜거리면서 다치지 않은 베트콩에게 일어나라는 몸짓을 해 보였습니다. 저는 재빨리 부상자에게 붕대를 감아주고 그를 부축했습니다. 그러자 그는 캔버스 가방을 하나 집어들었습니다. 그 안을 들여다보니 약병, 붕대, 공책 등이 들어 있었습니다. 보아하니 그 남자는 위생병이었던 모양입니다. 우리가 천천히 내려가자 기관총 사수는 잔뜩 겁먹은 얼굴로 우리를 뒤따라왔습니다. 부상당한 베트콩은 저에게 몸을 기댔을 뿐 고통스러운 내색은 하지 않았습니다. 오히려 제가 쳐다볼 때마다 미소를 지어 보였습니다. 마치 우리가 그 지옥 같은 숲속에서 만나게 될 줄 미리 알고 있었다는 듯 말입니다.

우리는 헬기로 돌아가 이륙했습니다. 프로펠러가 나뭇가지를 잘라내는 소리에 사격을 당하는 것으로 잠깐 착각하기도 했습니다. 포로들은 헬기를 처음 타보는 것 같았습니다.

연대 본부에 도착하자 정보장교들이 부상당한 베트콩을

치료하기 전에 심문하겠다고 했고, 저는 반대했습니다.

하지만 이런 논쟁이 늘 그렇듯이 제 의견은 묵살됐고, 결국 부상당한 베트콩은 심문을 받으러 끌려갔습니다. 그는 끌려가기 전에 저에게 다시 한번 미소를 지으며 자신의 구급상자를 건네주었습니다. 그 안에는 뇌와 순환계 같은 내부기관을 정밀하게 스케치한 공책들이 들어 있었습니다.

저는 아직도 그의 공책들을 가지고 있습니다. 그가 만약 그 전쟁에서 살아남았다면, 그래서 이 글을 읽을 수 있다면, 꼭 저에게 연락해주기를 바랍니다. 그의 공책들을 돌려주고 싶습니다.

가끔 텔레비전에서는 전쟁에 의해 신체를 잃은 아이의 모습이 나온다.
아이의 해맑은 눈망울이 우리를 눈물짓게 만든다.
인류의 평화와 정의를 수호하겠다던 전쟁에서 어찌 이런 일이 벌어지는가.
세상에는 정의라는 이름을 빌려 우리가 이해할 수 없는 일들이 벌어진다.
평화를 위해서 전쟁을 하고 평화를 위해서 사람을 죽이는 일처럼.
누군가 정의를 외치는가. 사랑을 외치는가.
하지만 그들의 행동을 들여다보면
정의와 사랑으로 포장된 이기주의일 수도 있다.
정의는 말이나 구호에 의해서 실현되는 것이 아니다.
정의로운 행동에 의해서만 실현될 뿐이다.

권력은 곧잘 대의명분으로
잘못된 행동을 정당화하려 한다

각자 개인의 잘못된 이익추구를 정당화해주는 법은 없다.
그런데 국가의 집단적인 행동에 대해서는
곧잘 대의명분이라는 명목하에 면죄부가 주어지고는 한다.
하지만 국가라 해도 인간의 존엄을 해치는 행위를 해서는 안 된다.

우리 각자가 자신의 삶에 대한 책임을 져야 한다면 우리 국민들은 과연 그 책임을 얼마나 지고 있을까요? 아쉽게도 우리 국민들의 행동을 보면 마치 이기기 위해서는 물불을 가리지 않는 것처럼 보입니다. 우리는 종종 공개적으로 미국이 자유를 수호하고 있으며, 선과 악의 영원한 투쟁에서 인류의 마지막 희망이라고 선전합니다. 신이 우리와 우리가 하는 모든 일들을 보고 미소 짓는다고 상상하는 것은 기분 좋은 일입니다. 게다가 그 신이 (다른 나라들이 원하지 않더라도) 자유와 민주주의의 축복을 확장하려는 우리의 노력을 지지해준다면 말입니다.

지난 두 세기에 걸쳐 미국이 가장 힘든 투쟁에서 정의의 편에 섰다는 것은 의심할 여지가 없는 사실입니다. 동시에 그동안 많은 통탄할 잘못들을 저질렀다는 것 또한 의심할 여지가 없는 사실입니다. 미국은 건국할 때 노예제도를 묵인했고, 그다음에는 노예제도를 폐지하기 위해 유혈의 남북전쟁을 치렀습니다. 하지만 여전히 우리는 그 유산과 함께 살고 있습니다. 우리는 소수자들의 권리를 옹호하면서도 한편으로는 모든 종류의 차별을 묵인하고 있습니다. 또 제2차 세계대전에서는 전체주의를 물리쳤지만, 그 이후에는 유사한 여러 독재정권들을 지원해왔습니다.

우리는 미국이 완벽하지 않으며 다른 국가와의 불화에서 항상 옳지도 않다는 것을 잘 알고 있습니다. 하지만 우리의 이상과 행동 사이에 존재하는 이러한 모순을 지적하는 사람이 있으면 다짜고짜 비애국자라고 매도합니다.

우리는 대개 가난, 마약, 국가안전 같은 문제에 해결책을 갖고 있는 것처럼 떠벌이는 독선적인 사람을 지도자로 선택합니다. 하지만 여러 세대에 걸쳐 그런 문제를 해결하겠다고 약속한 사람을 선출했지만, 지금까지 달라진 것은 없습니다. 그런 지도자들이 우리를 구원해줄 수는 없는 것입니다. 그럼에도 "나는 이런 어려운 문제들은 해결할 수 없습니다. 여러분이 허락하는 것만 할 수 있을 뿐입니다."라고 말하는 정치인은 없습니다. 아무도 그런 말을 듣고 싶어 하지 않기 때문이겠죠.

우리는 집단행동을 통해 나타나는 만큼만 선량하거나 똑

똑한 존재일 것입니다. 만일 국가에서 충분한 이유 없이 (더 나쁘게는 거짓말과 그릇된 판단에 기초해서) 군대를 파병하도록 허락한다면 전쟁범죄를 저질렀다고 우리가 그 군인들을 비난할 수 있을까요? 제복 입은 악한들 몇을 기소하는 것으로 우리의 책임을 면할 수 있을까요? 수단은 곧 목적입니다. 대의명분을 내세운 악한 행동으로 악을 이길 수는 없습니다. 학대와 고문을 옹호하는 국민은 이미 방향을 잃은 것입니다.

그럼에도 왜 우리는 이런 사실을 받아들이기를 거부하는 것일까요? 우리는 개인의 생각이나 이익을 추구하는 범죄를 정당화하려는 시도는 하지 않습니다. 그런 개인들을 처벌하는 정교한 법체계도 가지고 있습니다. 그런데 왜 국가에게만은 그런 기준을 지킬 것을 요구하지 않는 걸까요?

에이브러햄 링컨은 미국이 위기에 빠진 순간 이렇게 말했습니다. "여러분, 우리는 역사를 피해갈 수 없습니다. 우리는 우리의 의지와는 상관없이 기억될 것입니다. 이 가혹한 시련을 어떻게 통과하는지에 따라 후세에 명예롭거나 치욕스럽게 여겨질 것입니다."

여기서 우리는 그가 승리나 패배를 말하지 않은 것에 주목해야 합니다. 그는 명예나 불명예를 이야기했습니다. 미국 역사에서 가장 피를 많이 흘린 남북전쟁에서 이런 가치를 중요시한 이유는 그가 "온 천하를 얻고도 영혼을 잃는다면 무슨 이익이 있겠는가?"라는 진리를 믿었기 때문일 것입니다.

이 나라의 지도자들이 개인의 자유와 인간의 존엄이라는 핵심가치를 훼손할 때, 그들을 비판하는 행위야말로 진정한 애국입니다. 반면 옳거나 그르거나에 상관없이 조국이 하는 일에 찬성하는 것은 그 깃발로 우리 모두의 눈을 가리는 위험한 일입니다.

'눈사태를 이룬 눈송이들은 저마다 무죄를 주장한다.'는 속담이 있다.
집단적으로 저질러지는 잘못에 대해서는
아무도 책임을 지지 않으려고 한다는 뜻이다.
거대권력은 이러한 우리의 본능을 파고들어
대의 명분을 만들고 악행을 저지른다.
우리는 한 집단에 속한 개인으로서
그 집단이 저지르는 행위에 대해서도 자유로울 수 없다.
결국 눈송이들이 모여야 눈사태가 일어나는 것이기 때문이다.
자신의 양심에 근거하여 비판하라.
개인의 양심은 늘 권력의 그것보다 깨끗하다.

옮긴이 노혜숙

이화여자대학교 수학과를 졸업하고 서강대학교 철학대학원을 수료했다. 한국산업은행과 바클레이즈은행에서 근무했으며, 현재 전문번역가로 활동 중이다. 주요 번역서에 『블리스로 가는 길』, 『위즈덤』, 『무의식의 유혹』, 『창의성의 즐거움』, 『스파이의 생각법』, 『베이비 위스퍼』, 『타인보다 더 민감한 사람』 등이 있다.

너무 빨리 지나가버린, 너무 늦게 깨달아버린 2

초판 1쇄 인쇄 2021년 9월 27일
초판 1쇄 발행 2021년 10월 8일

지은이 고든 리빙스턴 옮긴이 노혜숙

발행인 이재진 단행본사업본부장 신동해 편집장 김예원
책임편집 김정우 교정 윤정숙 디자인 co*kkiri
마케팅 이은미 홍보 권영선 국제업무 김은정 제작 정석훈

브랜드 걷는나무
주소 경기도 파주시 회동길 20
문의전화 031-956-7351(편집) 02-3670-1123(마케팅)
홈페이지 www.wjbooks.co.kr
페이스북 www.facebook.com/wjbook
포스트 post.naver.com/wj_booking

발행처 (주)웅진씽크빅
출판신고 1980년 3월 29일 제406-2007-000046호

한국어판 출판권 © (주)웅진씽크빅, 2021
ISBN 978-89-01-25340-4 04800
      978-89-01-25338-1 (세트)